新潮文庫

七つの甘い吐息

「小説新潮」編集部編

新潮社版

8313

目次

七つの甘い吐息

双子の兄嫁

櫻木充

櫻木充（さくらぎ・みつる）
東京生れ。平成九年に『二人の女教師・教え子狩り』で作家デビュー。会社勤務のかたわら執筆を続けるが、翌年退社し専業作家となる。他の著書に『誰にも言わない？』『禁断卒業式—義母の約束・女教師の贈りもの』『美乳伯母—フェティッシュな週末』などがある。

1

「ただいま」

ある夕暮れ時のこと。藤本司郎は玄関の扉を開けると、左手に見えるリビングを窺《うかが》いながら帰宅の挨拶《あいさつ》を告げた。

しばし耳を傾けるも返事はない。静まり返った室内には人の気配も感じられない。

司郎は納得顔で頷《うなず》きながらスニーカーを脱ぎ去った。

はなから留守は承知している。玄関先にはサンダルもなく、軒先からも自転車が消えていた。兄嫁はきっと買い物に出掛けているに違いない。

大学受験に失敗し、司郎はこの春から予備校通いを始めている。入校して暫《しばら》くは郊外の自宅から通学していたのだが、予備校から程近い場所に新居を構えた兄夫婦の元に、つい一ヶ月ほど前から居候《いそうろう》をさせてもらっている。

大学院を卒業後、外資系の投資会社に職を得た兄、一樹は今年で三十一歳になる。一回りも年が違うこともあり、司郎にとっては幼い頃から頼りがいのある優しい兄だ。

居候の件はもちろん兄からの勧めで、司郎としてもありがたい話だったが、かなり迷ったことも事実だった。

結婚して三年余り。いまだ子供のいない夫婦二人きりの生活に割って入るのは心苦しいし、何より集中して受験勉強に打ち込めるかどうか、それが心配だった。

不謹慎極まりないと言われればそれまでだが、司郎は前々から密《ひそ》かに、兄嫁の麻美に好意を寄せていたのだから。

細面の顔立ちに、切れ長の目は現代女性にあってはいくぶん古風に映るものの、麻美は男好きのするなかなかの美形である。サラサラとした黒髪の、セミロングのストレートヘアーも麻美の雰囲気に合っている。モデルとして考えれば若干上背《うわぜい》に乏しいが、手足は長く、洋服越しに浮かぶボディラインもスタイルの良さを窺わせる。

むろん、外見ばかりではない。性格も穏やかで、妻として兄に接する態度も淑《しと》やかで、そこはかとなく漂う母性がいっそう兄嫁の魅力を際立《きわだ》たせていた。

大人の女性に憧《あこが》れる年頃でもあるだろう。司郎にとって兄嫁はまさに、理想に限りなく近い女性なのだ。

言わずもがな、やりたい盛りの少年の想《おも》いが、純粋な憧れだけにとどまるわけもない。兄だけの女性だと頭では分かっていても、夜な夜な破廉恥《はれんち》な妄想で麻美を慰《なぐさ》み者にして、劣情を発散させていたのだ。

司郎にとって麻美は俗に言う「オナペット」である。その本人とひとつ屋根の下で生活を共にして、勉強に集中できるわけもないではないか。

が、結局は、兄とともに同居を勧めてくれた麻美の、魅惑的な笑顔が決め手になってしまったのだが。

「……」

司郎は階段脇《わき》にバッグを置くと、意味のない忍び足で廊下の奥に歩を進めていった。

リビングを横目に、突き当りにあるバスルームの引き戸を開ける。

脱衣場の右手には洗濯機が設置され、その手前にはランドリーボックスが無造作に置かれている。残念ながら籠《かご》の中身は空だ。もしかしたら兄嫁の下着が脱ぎ捨てられているのではと、多少の期待はしていたが、これもまた司郎の予想通りである。

専業主婦である麻美は大抵、午前中には全《すべ》ての家事を済ませてしまう。午後はたぶんテレビでも眺めながら、ひとりぼんやりと暇を潰《つぶ》しているのだろう。

しかし、今日は確か……。

「よしっ！」

洗濯機の蓋《ふた》を開けた瞬間、瞳《ひとみ》に飛び込んできた光景に、司郎は思わず拳《こぶし》を握り締めた。洗濯槽の中にはダークグレーのレオタードに、漆黒のスパッツが、煌《きら》びやかなテカリを放つ小麦色のパンティストッキングが、無造作に放り込まれている。

つい最近、麻美は駅前にオープンしたフィットネスクラブに通い始めた。エアロビクスとアクアビクスの教室をそれぞれ週に一度受講しているという。

今日の午後にエアロビクスがあることを、兄嫁との何気ない会話で知り、司郎は予備校を終えた後に寄り道もせず一目散に帰宅したのだ。

日々募る欲望に、もはや妄想だけでは飽き足らない。麻美に手を出すなど出来るわけもないが、せめて虚《むな》しいだけの夢想世界を彩《いろど》るための「手がかり」が欲しい。

今までにも幾度となく麻美の下着を、脱ぎ置かれた衣類を手にする機会を狙《ねら》っていたのだが、毎日が午前様の夫を待って兄嫁の就寝も遅い。風呂《ふろ》も自分が寝た後に入っている様子だ。

麻美自身も年頃の義弟に気を配っているのだろう。洗濯した下着もベランダに干すことはせず、夫婦の寝室に掛けている。

つまり今日は、兄嫁と同居してからようやく巡ってきた初めてのチャンスなのだ。

生唾《なまつば》を呑《の》みつつ、レオタードに手を伸ばす。

汗を含んでいるのだろう。微《かす》かな湿りを帯びて、しっとりと指先にまとわりつくナイロン繊維の感触に胸が早鐘を打つ。

「麻美さん、これを着て……エアロビクスを……」

ダークグレーの色使いは控えめだが、鋭角に切れ込んだVゾーンに、深くえぐれた胸元は、そこらのレースクイーンにも負けないほど挑発的なデザインだ。

胸の中心部から腹部にかけては大きく汗の染《し》みが広がり、フィットネスに励んだ成果がしっかりと残されている。

司郎は肩紐《かたひも》を左右の手で握り締めると、麻美の乳房に顔を埋めている場面を頭に描きながら、おずおずとレオタードの胸元に鼻面《はなづら》を寄せていった。

「あぁ……麻美さんの匂《にお》いがする」

クーンと胸を膨《ふく》らませれば、麻美が愛用するオードトワレの香りとともに、いまだ肌の温もりを閉じこめたような汗臭がまったりと鼻腔《びくう》の粘膜に絡《から》みついてくる。

もちろん、臭《くさ》いなどとは思わない。誰のものでもない、兄嫁でしかあり得ない、最上のフレグランスなのだから。

「麻美さん……あぁ、あさみ、さん……」

洗顔するように、伸びの良いスパンデックス生地で顔面を包み込むと、司郎はせわしげに鼻を鳴らしながら少しずつ、胸元から腹部にかけて鼻面を滑らせていった。目指す先はもちろん股間《こかん》の部分。女性の秘部があてがわれていた箇所だ。汗の匂いだけでは物足りない。もっと麻美を感じたい。

司郎は満を持して、レオタードの最深部に鼻の穴を押し当てた。これほど細くえぐれているのだから、激しい運動に少なからず、食い込んでいたに違いない。女にしかない、あそこの「割れ目」に……。

「ふう……はあぁ……」

布幅の狭い股《また》ぐりを目一杯に広げて、小鼻を大きく膨らませる。一瞬、ほのかに酸《す》っぱい香りが、潮風に似た香気が感じられるも、押し寄せる蒸《む》れ汗の臭気に搔《か》き消されてしまう。フェロモンと呼ぶにはあまりにも儚《はかな》げだ。

「ふうぅ、んんぅ」

諦《あきら》めることなく、司郎は必死に恥臭をあさった。

高校時代は適当に同級生と交際を持ったが、初体験には至らなかった。巷《ちまた》に氾濫《はんらん》する情報に、インターネットに見られる猥褻《わいせつ》画像に性の知識はそれなりに持っているが、所詮《しょせん》は上辺だけのものである。

童貞の少年にとって、女性の神秘を解き明かすひとつ目の鍵《かぎ》は何より、陰部から発散される匂いなのだ。

(……あっ、そうか。これ一枚って訳じゃないよな)

鼻血のときの詰め物のように、レオタードの股間部を鼻の穴にねじ込もうとした瞬間、司郎ははたと洗濯槽に脱ぎ捨てられた衣類を思い出した。

あらためて槽の中を覗《のぞ》き込めば、漆黒のスパッツに光沢のあるパンティストッキングが一枚、その他に下着の類《たぐい》は見当たらない。つまり、直接女陰に触れていた衣類はきっとパンストに違いない。

「これだね。そうだろう?」

独り言を呟《つぶや》きながら、メッシュの薄布を摑《つか》み出す。レオタード用なのか、パンティ部分に切り返しのないオールスルーのパンストには、股間部に船底のような「マチ」が作られている。ショーツで言えばクロッチに相当する箇所なのだろう。

直《じか》に着用していたことを物語るように、内股はじっとりと汗にまみれ、マチの部分も浅黒くブラウンの色調が変化している。

「ここに、麻美さんの……お、オマンコが……」

卑《ひ》猥《わい》な隠語を口にしながら、股間部に顔を近づけてゆく。

そっと鼻の穴を擦《こす》りつけ、スーッと息を吸い込む。

「んあぁ!」

レオタードの移り香とは比べようもない、強烈な酸味を帯びた刺激臭に、司郎は思わず顔を背《そむ》けた。どこか甘美な香りを、花束に似た芳香を夢想していた少年にとって、現実の匂いはあまりにも厳しすぎた。

「で、でも……でも、これが、麻美さんの……」

どのような匂いであれ、憧れの兄嫁の、一番恥ずかしい部分から発散される香りなのだ。臭いなどあり得ない。自分はこれを欲してやまなかったはずではないか。

(そうさ、これが女の……あ、麻美さんの匂いなんだ)

ふたたび鼻面を寄せる。犬のようにクンクンと鼻を鳴らして、淫臭《いんしゅう》を深々と肺に送りこむ。

「はぁ……ふうぅ……んんぅ」

不思議な感覚だった。あれほど臭いと思われていた匂いだのに、嗅《か》げば嗅ぐほど芳《かぐわ》しくなる。一呼吸ごとに背筋が痺《しび》れ、全身が粟立《あわだ》ち、下腹部が煮えてくる。男根は見る見るうちに血潮を滾《たぎ》らせ、ズボンの中でのた打ち回る。

もしやこれが牝《めす》フェロモンの効果なのだろうか。

「ああ、いい匂いだよ。麻美さんの……ま、マンコの匂い」

存分に淫臭をあさると、司郎はおずおずとパンストの股ぐりを捲《めく》り返していった。

女性の下着が汚れやすいことは知っている。裏側にはきっと女の分泌が、兄嫁だけの蜜《みつ》が漏れ零《こぼ》れているはずだ。

「こ、これって……」

予想以上の光景に息を吞む。

白んだ煮汁がべっとりと、ナイロンストッキングにこびりついている。ガラスに押し付けた唇のような形で、女性器の造形がありありと残されているではないか。

「あぁ、形が分かるよ。ここが、小陰唇《いんしん》だろ」

小振りなキスマークを指先でなぞり、ぬるぬるした粘液を絡め取る。

そっと口に運べば、意外なほど淡白な味わいに、それでいて芳醇《ほうじゅん》な酸味にぴりぴりと舌先が痺《しび》れてくる。

「それで、ここが……麻美さんの……」

花弁の中心部には糊《のり》のように、ひときわ分厚く蜜が湛《たた》えられている。

司郎は焦《あせ》りがちにズボンのファスナーを降ろした。トランクスの合わせから勃《ぼっ》起《き》肉をほじり出し、我慢汁に蕩《とろ》けた鈴口をナイロンの「蕾《つぼみ》」に押し当てる。

パンティストッキングはもはや、単なる布切れではない。司郎にとっては麻美の一部、兄嫁の陰部に他ならない。

「お、俺、俺……麻美さんが好きなんだ」

禁忌《きんき》の情を訴えながら、牝汁にふやけたナイロンメッシュで亀頭《きとう》を包み込む。

自分は今、麻美と交わっているのだと、ひたすら妄想を肥大させ、夢中で肉筒をしごいてゆく。

が、しかし……。

「司郎君、何してるの？」

背後から聞こえたソプラノの声に、訝《いぶか》しげな兄嫁の声に、司郎は一瞬にして冷たい現実に引き戻されてしまった。

2

「あっ……あ、あの……」

言い訳など思いつくわけもない。司郎は背後を振り返ることも出来ず、罵声《ばせい》を覚悟して身を硬直させていた。

「それ、姉さんのね」

小さな吐息がひとつ、どこか呆《あき》れがちに言葉が掛けられる。

「えっ？」

そんな物言いに、司郎は慌《あわ》てがちに半身を翻《ひるがえ》した。

「な、夏樹さん……」

引き戸に体を預けるようにして麻美の妹、夏樹が冷ややかな眼差《まなざ》しを向けている。

司郎が聞き違えるのも無理はない。なにせ夏樹と麻美は双子の姉妹なのだから。

「司郎君って、いつもこんなことしてるの？」

「いや、それは、その……」

答えを濁しつつ、司郎はそそくさと男根をファスナーの中に押し込み、パンストを洗濯機の中に戻した。

「あの、このことは、麻美さんには……な、内緒に……」

神妙な面持ちで頭を垂れ、夏樹に口止めを願う。

不幸中の幸いと言えるものでもないが、相手が夏樹ならまだ何とかなるかも知れない。麻美本人に目撃されていたら、それこそ一巻の終わりだった。

双子として顔の作りはもちろん、背丈にスリーサイズも寸分違《たが》わないと聞いたことがあるが、栗色《くりいろ》に染められたショートボブの髪に、化粧の違いもあるのだろう。一見したただけでは双子とは見抜けないほど、二人の雰囲気は異なっていた。

一番の要因は、姉妹のそれぞれが持つ性格だろうか。

おっとりとして、何事に対しても控えめな麻美とは裏腹に、夏樹はかなり積極的で、どこか無遠慮な一面がある。年下の自分が言うのも失礼な話だが、麻美と同じ二十七歳という年齢を考えれば、ずいぶんと幼稚で身勝手なところもあった。

が、司郎にしてみれば、その方が接しやすいことも事実だった。実際、麻美より話もしやすい。成熟した女性に対する憧れという面から鑑《かんが》みれば、全てがマイナスの要素ではあるのだが……。

「まあ、受験勉強ばかりじゃね。確かに発散することも必要だけど、居候の身であまり感心できることじゃないわね」

いくぶん声色を和らげ、不埒《ふらち》な行いをたしなめる夏樹。

「黙ってて、くれますよね？」

「いいけど、二度としないって約束しなさい。こんなことが姉さんにばれたらショックで寝こんじゃうわよ」

「はい。約束します。二度としません」

真顔で頷きつつ、胸を撫《な》で下ろすと、司郎はあらためて夏樹に問いかけた。

「今日は、あの……どうして？」

「姉さんにちょっと用事があってね。玄関の鍵が開いてたから勝手にお邪魔しちゃった。こんな現場に遭遇するとは思ってもみなかったけど」

「は、はは……」

空笑いしながら夏樹の台詞《せりふ》を受け流す。

「でも、司郎君が姉さんを好きだったなんて思わなかったな」

「い、いや……まあ、あの……」

「ふふぅん、誤魔化しても駄目よ。しっかり聞かせてもらったんだから。麻美さんが好きなんだっ……てね」

冷やかすように司郎の口振りを真似《まね》ると、夏樹は出し抜けに、不躾《ぶしつけ》な質問を投げかけてくる。

「司郎君って、もしかして童貞？」

「と、突然そんなこと聞かないでよ」

「そっか。童貞なんだ。じゃあ妄想も逞《たくま》しいはずよね。女のこと知りたくて、日々悶々《もんもん》としているわけか。どんな匂いがするのか、どんな形なのか……」

明《あ》け透《す》けな物言いに顔をしかめた司郎に構わず、夏樹は次々に卑猥《ひわい》な台詞をぶつけてくる。

「でもね、実際セックスなんてたいしたことないのよ。してみれば、こんなものかって思うんだから」

にんまりと口元を弛《ゆる》めつつ、夏樹は何気なく司郎の手を握り、自らの乳房へと導いた。

「ちょ、ちょっと夏樹さん！」

「あら、私じゃ不満？　双子なんだから、体の隅から隅まで姉さんと同じなのよ」

慌てがちに手を跳ねのけた司郎に対して、夏樹は上目遣いに、挑みかけるような眼差しを向けながら少年の腰を抱き寄せる。

「いいのよ。司郎さん。今日はあなたの女になっても……」

声のトーンを甘く変え、麻美の口調を真似てしっとりと耳元で囁《ささや》きかける夏樹。

（やっぱり、似てるよな。ほんと、声もそっくりで……）

兄嫁と同じ美声に、司郎はうっとりと聞き惚《ほ》れてしまう。

中途半端《はんぱ》になっていた劣情がふたたび火柱を立てて燃え盛り、男根はむくむくとズボンの中で鎌首《かまくび》をもたげてくる。

「私ね、前からちょっとだけ司郎くんに興味があったの。だから……」

「だ、だから？」

「フフ、分かってるくせに。さあ、司郎君の部屋に行きましょう」

「いや、でも、それは……」

願ったり叶《かな》ったりだが、さすがに躊躇《ためら》われる。血が繋《つな》がらないとはいえ、親類になった女性と交わるなどしていいのだろうか。

「でもじゃないの。さっきのこと、姉さんにばらされたくなかったら、黙って言う事を聞きなさい。女だってしたくなるときがあるんだから」

物怖《ものお》じする童貞少年に、夏樹は苛立《いらだ》たしげに言い寄ってくる。

「これは口止め料よ。私に逆レイプさせてちょうだい」

「逆……れ、レイプ!?」

「フフ、冗談よ。いいから、ね？　姉さんのことが好きなら、私で発散しなさいよ。本人に手を出すわけにはいかないんだから」

三角に張りつめた股間が撫で付けられ、頬《ほお》に口づけが施される。

「ほら、ここ……もう、カチカチじゃない。本当なら男の子からお願いするものなんだぞ。させて下さいってね」

「……」

「それとも、どうしても私じゃ嫌？」

「そんな……お願い、し、します」

ここまで誘われて首を横に振れるわけがない。司郎ははにかみながら小さく頷いた。

「うん、素直でよろしい。じゃ、いこっか？」

夏樹はひとり先に脱衣場を後にすると、肩越しに司郎を振り返りながら階段に足を進めた。

「ちょっと部屋で待ってて」

二階に上がり、司郎の私室を通り過ぎると、夏樹は廊下の突き当たりにある兄夫婦の寝室に忍び込んだ。

一体何をするつもりなのだろうか。

司郎は首を傾《かし》げつつ、私室のベッドに腰を下ろした。

ほどなく夏樹が部屋に現れる。

「……どう？」

隣りに腰を沈めると、夏樹は挨拶《あいさつ》代わりのフレンチキスをひとつ、悪戯《いたずら》っぽく小首を傾げてみせる。

「どうって、何が？」

「分からない？　姉さんの香水をつけてきたのよ」

夏樹の言葉に、司郎はそっと小鼻を膨らませた。

ふんわりと漂うオードトワレの香り。司郎にとってそれは兄嫁が身近にいることを感じさせる、何よりの実感だった。

「さあ、脱がせてあげる」

ポロシャツが捲《まく》られ、ズボンが脱がされる。慣れた手つきでトランクスが降ろされ、青筋だった男根が露《あら》わにされる。

「フフフ、大きいじゃない。でもちょっと、先っぽが隠れちゃってるね」

司郎を仰向けにベッドに寝かしつけると、夏樹は腰の袂《たもと》に身を屈《かが》め、包茎《ほうけい》気味の若《わか》竿《さお》を優しく握り締めた。

「でも、なんだか、童貞って感じがして……」

言葉を途中に、夏樹はカウパーの腺液《せんえき》に潤《うる》んだ鈴口をペロリと舐《な》めあげた。

「そ、そんな、汚いよ」

思わず頭を押し返す。一日の垢《あか》と汚れにまみれた男根をしゃぶられるなど、さすがに躊躇われる。

「平気よ。私は気にしないから」

司郎の手を振り解《ほど》くと、夏樹は太腿《ふともも》に顔を埋めこみ、裏筋の根本に舌を這《は》わせてくる。手のひらで睾丸《こうがん》を愛撫《あいぶ》し、茎を丹念に舐めまわし、亀頭のくびれでチロチロと舌先を震わせる。しこしこと手筒が揺すられ、雁首《かりくび》にまぶされた唾《つば》のぬめりに包皮が少しずつ剝《む》けてくる。

「ああ……はあぁ……」

司郎は年上女の奉仕に身を任せ、首だけを起こして股間の情景に見入っていた。やおら、まん丸く広げられた朱唇の隙間《すきま》に赤剝《む》けた亀頭が含まれる。

「んぅ……ん、んん？」

夏樹は流し目に絶えずこちらの反応を窺《うかが》いながら、筋張った肉筒を深々と呑《の》み込んでゆく。頰に流れたボブヘアーを耳に搔き上げ、潤んだ瞳《ひとみ》を向けて、ゆったりとした首振りを開始する。

「うっ……くうぅ……」

ビクビクと腰が跳ね上がる。動きは穏やかでも、女性の手に触れられたことも初めての童貞少年にしてみれば、あまりに辛《つら》すぎる仕打ちだった。

脱衣場のひとり遊びに、射精寸前にまで昇りつめていたせいもある。

司郎は呆気《あつけ》なく絶頂に追い込まれてしまう。

「くっ、うう！　夏樹さん……俺、もうっ」

「んっ、んっ……んぅ、ふぅ……んんんっ！」

少年の極みを察して、夏樹はなおさらにフェラチオを過熱させる。出しても構わないと、目線で訴えながら、肉の急所を責め立てる。

「あっ、うっ！　で、出る……うあっ！」

壊れた蛇口のごとき勢いでスペルマが迸《ほとばし》る。

夏樹の喉元《のどもと》めがけて白濁が噴出する。

「……………」

夏樹は少しも迷うことなく、男汁の全《すべ》てを胃袋に収めた。細い喉を波打たせ、尿道に残された煮汁の残り一滴までも啜《すす》り上げ、鈴口に滲《にじ》んだ精液を丁寧に舌先で掬《すく》い取る。

「これで少しは落ち着いたでしょう？」

「う、うん」

むろん、やりたい盛りの少年が、たった一度の射精で満足できるわけもない。若竿はいまだ血潮を漲《みなぎ》らせ、下腹部に張り付いている。

「さて、と……」

なおさらやる気を盛らせた男根に舌なめずりをすると、夏樹はそそくさとベッドから降り立った。司郎を横目にブラウスを脱ぎ去り、ベージュのストッキングに彩《いろど》られた美脚を撫で付けるようにミニのタイトスカートを下ろしてゆく。

カップの全面に豪華な刺繍《ししゅう》のあしらわれた白銀のブラジャーが、きわどいハイレグのショーツが露わになるも、下着姿を観賞する暇もなく、豊麗な乳房が、逆三角形にトリムされた恥毛が少年の網膜に映りこんでくる。

「あぁ……」

賛美の言葉も忘れ、初めての裸体に見惚れる司郎。

乳房も、陰毛も、性器モロの画像さえインターネットで飽きるほど眺めてきたが、生の迫力とは比べようもない。

いいや、違う。これほど美しい裸身を拝んだ経験などかつてない。

上向きにアップした肉房に、細く括《くび》れたウエストライン。誘惑的に張り出したヒップに、なめらかな弧線を描く太腿《ふともも》……。

手足も長く、スタイルの良さを売り物にするグラビアアイドルにも負けない美しさではないか。

（あ、あそこは……）

ベッドの上に這いつくばり、叢《くさむら》の陰に視線を集中させる。

「そんなことしなくても、見せてあげるわよ」

無様な姿勢で股間《こかん》を覗《のぞ》き込む少年に苦笑いすると、夏樹はすぐさま司郎と向かい合うようにベッドに腰を下ろした。

「私達、背丈も変わらないし、スリーサイズも一緒なの。だから……」

「だから？」

「ここもきっと、姉さんと同じよ」

両膝《りょうひざ》が立てられ、Mの形にぱっくりと太腿が広げられる。

濃褐色の土手肉が、ダークローズの陰唇が、掛け値なしの女自身が視野に飛び込んでくる。

「あっ、ああ……」

痴情の光景に目を見張る。

小振りなラビアはすでに淫《みだ》らな体液に濡《ぬ》れそぼち、溝の奥にはねっとりと白んだ分泌が蓄えられている。会陰《えいん》の辺りに見える、小さな二つのほくろさえ、妙にエロティックに感じられてしまう。

「に、匂《にお》いを、嗅《か》いでも？」

「……いいけど、臭くても知らないわよ」

眉をひそめた夏樹に臆《おく》することもなく、司郎はおずおずと太腿の隙間に顔面を埋めた。

（あぁ、同じだ！　麻美さんと同じ匂いがする！）

スポーツに汗した兄嫁の、女の原液にまみれたパンティストッキングと同じ刺激臭がムンムンと漂ってくる。

更に深く息を継げば、妖《あや》しき牝《めす》の発情臭が濛々《もうもう》と鼻腔に押し寄せてくる。クラクラとめまいする。強烈なフェロモンにあてつけられ、頭の中がぼんやりとしてくる。

「はぁ……」

溜息《ためいき》をひとつ、秘唇にそっと接吻《せっぷん》する。熟れ爛《ただ》れたラビアを舌先でさすり、クレヴアスの奥底を舐めまわし、粘りついた分泌を無心に味わう。

甘い酸味にほのかな塩気が、芳醇《ほうじゅん》な味わいが口一杯に広がる。

「はぁ、ん、んんぅ！」

土手肉もろともぱっくりと口に含む。ジュルジュルと愛液を啜《すす》り、右に左に陰唇《いんしん》を嬲《なぶ》り、鞘《さや》から芽吹いたクリトリスをチューッと吸い上げる。

「んんっ！　そ、そんなに……あふぅ！」

技巧もテクニックもありはしない。司郎は自らの欲望が訴えるまま、一心不乱に女陰を愛撫した。花弁を噛《か》み、肉芽をつつき、蕾から漏れ零《こぼ》れる蜜《みつ》を吸いまくる。

クンニリングスとは呼べない、それはまさに舌の暴行だった。

「もう、だめぇ……ほら、するよ。ほらあっ！」

辛抱たまらないとばかりに、夏樹は司郎の肩を突き飛ばすと、柔道技を仕掛けるように童貞の体を仰向けに押し倒した。

「ほら、ここ……ここに……」

膝立ちに腰に跨《また》がり、下腹部に張り付いた肉棒を支え上げ、自らの女陰に導いてゆく。

「あっ……あっ、あっ」

開ききった花弁の奥に、柔らかな肉の窪《くぼ》みに鈴口があてがわれ、太い輪ゴムにくびられるような感覚が亀頭《きとう》を滑り降りてくる。

（は、入ってる？　夏樹さんの中に……これが、セックス!?）

湯煎《ゆせん》に溶けたゼリーの中に漬け込まれてゆくような感覚だった。

肉棒のあらゆるところに、膣内《ちつない》の粘膜がビタビタと貼《は》りついてくる。複雑に織りこまれた襞《ひだ》に雁首がくすぐられ、腰が揺すられるたび背が弓なりに反り返ってしまう。

「はぁ……い、いいっ！　んぅ、んんぅ！　ほら、ほらっ！」

肉剣を根本まで突き刺すや否《いな》や、夏樹は荒々しく尻《しり》を振ってくる。

「う、おぉ……は、はひっ！」

茎の付け根が、中腹が、ギチギチと搾《しぼ》られる。粒だった粘膜に亀頭が刺激され、尻が打ち下ろされるたび、鈴口が膣底に叩《たた》きのめされる。

それはフェラチオなど及びもつかない、脳髄が蕩《とろ》けそうなほどの愉悦だった。

「そ、そんなにされたら、俺……あっ、んんぅ！」

目を白黒させる少年に構わず、夏樹は胸板に乳房をなすりつけ、夢中で唇を重ねてくる。ネットリと舌が絡《から》まされ、唾液《だえき》がドロドロと流し込まれてくる。

「は、はっ、んんぅ！」

瞬《また》く間に絶頂する。二発目とは思えないほどの勢いで、夏樹の胎内にスペルマが迸るもしかし、ピストンは止まらない。

スプリングを軋《きし》ませ、バスンッ、バスンッと尻が叩きつけられ、ひときわ荒々しく肉棒がしごかれる。

「ううぅ……くあぁっ！」

萎《な》える暇などありはしない。飢えた牝が満足するまで勃起を強要させられる。冗談交じりに口にされた、それはまさに「逆レイプ」そのものだった。

三度目の射精。繋《つな》がりあったままの性器。いつしか司郎の腰も動き始める。

「そうっ！　そう……う、動いて……奥っ、突き上げてっ！」

「こう？　こうだね！」

しっかと尻を抱き寄せ、若さのままに女陰を貫く。

やがて夏樹にもオルガスムスが訪れる。それでも交尾は終わらない。

騎乗位から正常位に体位を変えて、司郎は牡《おす》の本能のままザクザクと肉壺《にくつぼ》を掘り返した。

「い、いっ……また、い、くっ、イク、イグゥ！」

続けざまの絶頂に、打ち上げられた魚のように女体がピチピチと痙攣《けいれん》する。

まっすぐに伸ばされた喉には無数の青筋が浮かびあがり、獣のごとき嗚咽《おえつ》が室内に響き渡り、そして……。

本気汁にまみれた肉棒に熱い飛沫《しぶき》が吹きかかる。

（ちょ、ちょっとこれ……オシッコか？）

アンモニアの臭気がプーンと鼻先に漂ってくる。巷《ちまた》に聞く潮吹きではない。それは紛れもない、失禁そのものだった。

「あぁ……あああっ！」

意味不明に喚《わめ》き散らし、司郎はふたたび肉杭《にくくい》を突入させた。

尻の「香」に理性が薄れ、畜生となって牝を喰らう。

淫水《いんすい》が、精液が、グシュグシュと音を立てる。恥骨がぶつかり合うたびピシャピシャと尿が飛び散る。

肉悦に溺《おぼ》れ、淫魔に捕らわれた二人……。

扉の隙間から注がれる視線に気づくわけもなく。

3

(また、あの子……)

夕食の買い物を終えて帰宅した麻美は、玄関先に脱ぎ置かれた妹のパンプスに、呆《あき》れがちに溜息を漏らした。

ＯＬとしてはそこそこの給料を貰《もら》っているくせに、昔から金遣いが荒く、計画性もない夏樹はたびたび姉のもとに金の無心に訪れる。

遊びに来たときは大抵、その話だ。

「夏樹、来てるの？」

廊下に歩を進めつつ、リビングに向かって口を開く。

答えは返されない。すでに陽が暮れ落ち、薄暗くなった室内にも人がいる様子はない。

（どこにいるのかしら？）

首を傾《かし》げながら、部屋の明かりを灯した、そのときだった。

どこからか、奇妙な嗚咽が聞こえてくる。

（二階？）

天井を見上げ、訝《いぶか》しげに耳を澄ます。

ちょうどリビングの真上から、義弟の部屋から微《かす》かに、妹の啜り泣くような声が届いてくる。それればかりか、切なげな司郎の喘《あえ》ぎ声とともに、ギシギシとベッドが軋む音までも。

（いったい、何してるの？）

子供のようにじゃれ合う年齢ではない。思い当たる節《ふし》はひとつだが、いくらなんでもそんなことが……。

胸騒ぎを覚えつつ、階段に足を向ける。

妙な体の火照《ほて》りを感じながら、二階に向かって一歩ずつ段を踏みしめる。

次第に二人の声が大きくなってくる。

（夏樹ったら、まさか、司郎さんと……）

淫《みだ》らな女の嬌声《きょうせい》に、嗚咽まじりの雄叫《おたけ》びは紛れもない「あの」声だ。

麻美は忍び足で扉の前に歩み寄ると、壁に身をもたれさせ、しばし室内の音色に耳を傾けていた。

激しい息づかいが聞こえてくる。まな板に生肉を叩きつけるような、そんな音が鳴り響いている。グシュグシュと、破廉恥《はれんち》な摩擦音が絶えず鼓膜を刺激する。

「……」

一人勝手に手がノブに伸びる。盗み見るなどしてはいけないと自らに言い聞かせながらも、募る好奇心が抑えられなくなる。

カチッ……。

留め金が外され、扉が薄く開かれる。

やおら瞳《ひとみ》に飛び込んできた光景に、麻美は思わず声を上げそうになる。

「!!」

騎乗位で義弟にまたがり、盛りのついた牝犬のように夏樹が腰を振っている。背後からの構図に、扉に向かってヒップを突き出すような妹の体位に、性器の結合があからさまになっている。

青筋立った若竿《わかさお》がズボズボと、女の蕾《つぼみ》を貫いている。

「ううぅ……」

ブルッと身震いが起きる。

凍えたように身を縮こまらせ、自らの乳房を両腕で抱きしめる。

まるでビデオの中にいる、自分の姿を見せ付けられているような思いだった。淫らな声も、白い裸体も、快楽に蕩けた横顔も、全《すべ》てが私と瓜《うり》二つなのだから。

「あぁ……はぁ……」

いつしか妹の姿を自身に重ね合わせる麻美。

ゾクゾクと全身が粟立《あわだ》つ。胎内からゆるゆると淫らな体液が溢《あふ》れ出してくる。感じていると、その事をはっきりと自覚する。

同じ遺伝子を持った妹の肉悦が生々しく子宮に伝わってくる。太腿が震えだし、乳首が尖《とが》り、クリトリスが充血する。義弟の男根が夏樹にうがちこまれるたび、それを受け止めるように膣口がパクパクと収縮してしまう。

（私も、したい……）

扉の隙間から身を乗り出さんばかりに、恨みがましい目線を妹にぶつける。

結婚して三年。仕事の忙しさもあるのだろうが、最近では夜の営みもご無沙汰《ぶさた》になっている。月に一度あればいいほうだ。

独身時代はそれほどセックスに興味はなかった。実際、男性経験も数えるほどしか持っていなかった。

だが、今は違う。夫の愛情に包まれ、望まれるまま交尾に明け暮れた新婚生活に、この肉体は淫らに熟してしまった。

年齢的にも性欲が盛んになる時期なのだろう。今ではオルガスムスに達することさえできるのに、夫は少しも妻を相手にしてくれない。

私を愛してくれていると、それは分かっているが、女としての喜びに目覚めてしまった今となっては、精神的な繋がりだけで満足できるわけもない。

「あぁ……そんなに、深く……」

手先が自然と下腹部に伸びる。ズボンの上から恥丘《ちきゅう》の膨らみを撫《な》でまわし、指が勝手に股《また》のファスナーを降ろしてしまう。

広がった合わせから中指を滑り込ませる。クロッチの上から割れ目をなぞれば、夥《おびただ》しい愛液が指先に絡みついてくる。

「……ふぅ……ん、んぅ……」

妹の腰使いに合わせてクリトリスを擦《こす》る。

やがて夏樹に絶頂が訪れる。時を同じくして麻美も軽いアクメを覚える。

（ちょっと、まだ？　あぁぁん、またするの？）

肉の繋がりを解くことなく、女上位から正常位に体位を変えて、今度は司郎が責め手になって、夏樹の性器を串刺しにする。

麻美は口惜《くや》しげに下唇を嚙《か》みしめた。

男から注がれる視線に女は敏感なものだ。想《おも》いをほのめかすことも、態度に表すこともしないが、司郎は間違いなく兄の妻である自分をひとりの異性として見つめているのだと、そのことにはかなり以前から気づいている。

むろん義弟の恋心を受け止めることも、ましてや禁忌を破る勇気もないくせに、双子の妹と交わるくらいなら、この私を犯せばいいと、八つ当たりに近い感情を司郎にぶつけてしまう。

「い、いっ……また、い、くっ、イク、イグゥ！」

下劣な悲鳴をあげ、続けざまのオルガスムスに酩酊《めいてい》する夏樹。

「うぅぅ……あっ、あぁ……」

双子の妹に同調し、姉の腰もカクンと砕ける。

それでもなお、司郎は気がふれたように、夏樹の胎内に剛直を叩き込む。

「そう、そうよ……突いて、もっと突いて……私を突き殺してぇ」

啜《すす》り泣くように訴える。

扉の傍らにうずくまり、ズボンを、パンティを太腿《ふともも》までずり降ろし、四つん這《ば》いの姿勢で自らの指を蕾に突き入れる。中指に人差し指を絡ませて、二本指の張形《はりがた》で膣をグイグイこねまわす。

「はぅ、んあぁ……ひぃ、いいぃ……」

司郎の腰使いに合わせて、二本指を抽送《ちゅうそう》させる。深く激しく、淫水が飛び散るほど荒々しく粘膜をえぐってゆく。

やがて司郎に最後の瞬間が訪れる。弾《はじ》けるように背が仰《の》け反り、やおら尽き果てたように女体に突っ伏す。

「い……くぅ……んんぅ……」

麻美も同時にアクメする。指先を折り曲げ、Gのスポットを探り当て、潮を吹きながら絶頂する。

そして、どのくらいの時が過ぎただろう。

扉の傍らにうずくまったまま、恍惚《こうこつ》としていた麻美の耳に二人の会話が聞こえてくる。

「ねえ、夏樹さん。今度、レースクイーンみたいなレオタードを着て、俺に見せてくれないかな？」

「いいわよ。そういうのが好きなの？」

「うん、まあね。ストッキングも、キラキラしたやつを穿《は》いてくれると嬉《うれ》しいんだけど……」

「はいはい」

「次はいつ会えるかな？」

「勉強はしっかりがんばりなさいよ。司郎君は、受験生なんだからね」

矢継ぎ早に問いかけた司郎に、夏樹は半身を起こしつつ、いくぶん語調を強くして言い聞かせた。

「でも、気晴らしも必要だって、夏樹さんも言っただろう。それに、麻美さんとはできないんだし」

「なんか、失礼な言い方ね。それって結局、姉さんの代わりってこと?」

「い、いや……まあ、その……」

「ま、べつにいいけどね」

不満げに鼻を鳴らした妹の声を聞き届けると同時に、麻美は納得のいった面持ちで静かに部屋の扉を閉ざした。

司郎はやはり、兄嫁に向けることの出来ない劣情の矛先を、双子の妹に向けていただけなのだ。

(そうか。それなら……)

麻美は企《たくら》みめいた笑みを口元に浮かべると、アクメの余韻に覚束《おぼつか》ない足取りで扉の前から立ち去った。

なにも義弟の願いを叶《かな》えてあげようなどと考えているわけではないが……。

4

予備校からの帰り道だった。

ポケットに突っ込んでいた携帯電話から小刻みな振動が体に伝わってくる。

(公衆電話から？)

液晶画面に表示された着信案内に首を傾げつつ通話のボタンを押す。

「もしもし……あっ、夏樹さん？」

兄嫁と同じトーンの、聞き慣れた声が電話口から聞こえてくる。

「えっ、これから？」

仕事の都合で近くまで来ているからと、夏樹はこちらの都合を伺うこともせず、待ち合わせの場所を言い伝えてくる。

「タワーホテルって、確か、駅前の？」

思いの外《ほか》早いデートの誘いに胸を高鳴らせる。

ホテルが指定されたということはつまり、期待しても良いはずだ。

衝撃的な初体験から一週間。女体の快楽を知らされた今となっては、手淫《しゅいん》だけで満たされるわけもない。あの日から、暇さえあればセックスのことばかり考えている。

夏樹の美声を耳にしただけで肉棒はせっかちに脈を打ち、今にも弾けんばかりに膨れ上がってしまう。

「分かった。803号室だね」

駅を隔てて繁華街の端にあるビジネスホテルの部屋番号が告げられる。丁度今チェックインをしたところだという。

「すぐ……ええと、十五分もあれば着けると思うから」

腕時計を一瞥《いちべつ》し、携帯電話を耳に押し当てたまま早足に歩を進める。

会話を終えるとともに、ジーンズに擦れる勃起《ぼっき》肉に構わず更に歩調を速める。

告げた時間より五分ほど早く、普通に歩けば優に二十分はかかるだろう距離を半分の時間で歩き切ると、司郎は言い渡されたホテルのロビーに入っていった。

フロントの傍らを通り抜け、突き当たりに見えるエレベーターに乗り込む。八階のボタンを押し、扉を閉める。エレベーターは途中で止まることなく、目的の階に少年を運ぶ。

（８０３……８０３……）

案内表示に従って廊下を右手に進む。

扉にかかれた番号をひとつずつ確かめながら「８０３」の手前で立ち止まる。

息を整えつつ、扉を二度ノックをする。

「司郎君？」

すぐさま室内から夏樹の声が応答する。

「はい」

「割と早かったわね。さあ、入って」

廊下の気配を窺《うかが》うように薄く扉が開かれる。司郎はそそくさと室内に身を滑り込ませると、作り笑いを浮かべつつ夏樹に顔を向けた。

「あっ……」

瞬間、瞳が黒々と見開かれる。

夏樹はすでに少年の願望を叶《かな》えるための装《よそお》いを整えていたのだ。

魅惑の曲線をありありと浮かび上がらせる、超が付くほどハイレグのレオタード。白銀の生地はその全体がサテンのような煌《きら》めきに包まれ、U字にえぐれた胸元には小さく、ロゴとしてデザインされたブルーの横文字が描かれている。

豊麗な肉房に張りつめた布地の表面には、乳首の尖《とが》りがあからさまになっている。ハイレグの股ぐりは縄のように細く窄《すぼ》まり、股間《こかん》をギッチリと締め上げている。

さらに、レッグラインを彩《いろど》る日焼け色のストッキングが司郎の瞳を釘付《くぎづ》けにする。

ホテルの室内光にさえギラギラと、ナイロンスキンに包まれた太腿は煽情《せんじょう》的な照りを放ち、僅《わず》かばかりの身の動きにさえゆらゆらと、オーロラのような光波を立てる。

膝頭《ひざがしら》までを包み隠す白いエナメルのロングブーツも最高に似合っている。

「適当に選んできたんだけど、これで良かった？」

官能のコスチュームに見惚れる少年に、満足げに口元を弛《ゆる》めると、夏樹はゆったりと身を翻《ひるがえ》し、T字にえぐれたバックラインを見せつけた。

「いいよ。凄《すご》くいい！　最高だよ！」

夏樹の姿はまさに、グラビアから抜け出てきたレースクイーンそのものではないか。

「自分で言うのもなんだけど、これってかなり、きわどいレオタードよね」

ふたたびこちらを振り返ると、夏樹は腰骨の上にまで切れ込んだVゾーンを指先でなぞり、恥ずかしげに言葉を続けてくる。

「あそこの毛、剃《そ》らなくちゃいけなかったわ」

「これを着るために？」

「だって、はみ出してたらみっともないじゃない。面倒だから、全部剃っちゃった」

「えっ？　全部!?」

「ほら、見せてあげよっか？」

思わず身を屈《かが》め、陰部に目線を集中させた司郎を前にして、夏樹は楽しげにレオタードを脇《わき》にずらしてみせる。

「ほ、本当だ。ツルツルになってる」

オールスルーのパンストに、恥毛の陰は窺えない。無駄毛の一本もなく、綺麗《きれい》さっぱりと処理されている。

餅《もち》菓子のようにふっくらと盛り上がった恥丘の裾《すそ》野には、クレヴァスの合わせ目が、割れ目の先端が幼女のごとき有様で愛らしく覗《のぞ》いている。

パンストの縫い目が一直線に、肉溝にあてがわれている様も無性に淫靡《いんび》ではないか。

「お気に召したかな？　ここの毛を剃りたがる男って多いみたいだから」

「股をちょっと広げて」

夏樹の台詞《せりふ》を受け流し、ブーツの足元に跪《ひざまず》く。

両手を膝に添え、センターシームを目線で手繰《たぐ》るように太腿の隙間《すきま》を覗《のぞ》き込む。

土手肉にも丁寧に剃刀《かみそり》が当てられ、産毛《うぶげ》すら見当たらない。

（それにしても、エッチだよな。これって……）

パンストに透けた女性器に生唾《なまつば》を飲み込む。サポート効果の高いメッシュの薄膜に左右のラビアが押し潰《つぶ》され、刺身貝のごとき有様で変形している。ある意味、剝《む》き身よりも猥褻《わいせつ》な光景ではないだろうか。

過激なコスチュームに、矢のような視線にほだされたのか、陰唇《いんしん》の隙間からネットリと愛液が潤《うる》み出している。ナイロンストッキングの、細かな網目の表面にまでじわじわと白んだ粘液が滲《にじ》んでいる。

「見てるだけじゃなくて、匂《にお》いを嗅《か》いでもいいのよ。シャワー浴びてないけど、司郎君はそういうのが好きなんでしょう？」

先日の交わりに、倒錯した欲望を見抜いたのか、夏樹は自らこちらの顔面に向かって陰部を突き出してくる。

「ほぉら、思い切りクンクンしてごらん」

どこか小馬鹿《こばか》にした台詞とともに、ナイロンメッシュに包まれた媚肉《びにく》がペッタリと鼻面《はなづら》に押し付けられる。

「んんぅ！」

もちろん、抗《あらが》うなどしない。夏樹に与えられるままに、司郎は夢中で恥臭を吸った。麗《うるわ》しき女神の体臭を、破廉恥な女の肉臭を思う存分肺に送り込む。

「はぁ……ふうぅ……」

蒸れた女のフレグランスに噎《む》せ返りながら、陰唇の「キスマーク」にそっと口づけを施す。新鮮な愛液を啜り、パンストの薄膜を削《そ》ぎ取るように荒々しく舌先をうねらせる。

「ああ、俺もう、我慢できないよ！」

「我慢することないわ。私だって、そのつもりで誘ったんだから」

暴力的な舌の愛撫《あいぶ》に息を弾ませながら、夏樹はふらふらとベッドに足を進めた。

「それに、今日はもうひとつ……」

言葉を途中に、枕元《まくらもと》に置かれた紙袋に手を伸ばす夏樹。

袋の中から漆黒のウィッグをつかみ出し、ショートボブの髪をセミロングのストレートヘアーに変える。

「あぁ……麻美、さん……」

夏樹の姿に思わず兄嫁の名が呟《つぶや》かれる。

「ええ、そうよ。今日の私は麻美。藤本、あ、さ、み」

「あっ、脱がないでよ！　服はそのままでいいんだ」

レオタードの肩紐《かたひも》を外そうとした夏樹を制しつつ、自らの服を脱ぎ去る。

せっかくのコスチュームを剝《は》いでしまうのはあまりに惜しい。こんなチャンスは滅多にない。レースクイーンの美女を、そのままの姿で犯したい。

「ここを、千切ればいいんだから」

トランクスを床に蹴《け》り捨て、仰向けに身を投げ出した夏樹の股座にうずくまる。

レオタードを横にずらし、割れ目に食いこんだセンターシームを摘《つま》み、唾液と愛液に濡れそぼったパンストをびりびりと引き裂く。ひしゃげていた花弁がプルンッとはみ出し、ストッキングの内側に溜《た》まっていた煮汁がドロドロと零《こぼ》れ出してくる。

(あれ？　ほくろが……)

蜂蜜《はちみつ》のようにゆっくりと、尻《しり》の穴に流れて落ちてゆく愛液を見つめていた司郎はふと、会陰《えいん》からほくろがなくなっていることに気がついた。

夏樹の性器には確か、会陰の中心に二つのほくろがあったはずだ。

初体験の感動とともに、その光景はいまだ鮮明に脳裏に刻まれている。あらためて女陰の造形を見つめれば、少しだけラビアの色調も薄く、小さいように思える。勃起《ぼっき》したクリトリスも半分ほどが鞘《さや》に隠れたままだ。

まさか……いいや、そんな馬鹿な……でも、まさか……。

「どうしたの？　早く来て」

女陰に見入ったまま、いつまでたっても次に進もうとしない司郎を、夏樹は苛立《いらだ》たしげに急《せ》かしてくる。

「う、うん……いくよ、夏樹さん」

きっと自分の記憶違いだ。ボブヘアーの髪ばかりではない。口調も、身振りも夏樹そのものだ。司郎はくだらない疑念を頭から振り払うと、下腹に張り付いた肉棒をしっかと握り締めた。

「夏樹じゃないわ。今日は麻美よ」

「そうだね。そうだよね。じゃあ、いくよ。麻美さん……」

兄嫁の名を口にすることに気恥ずかしさを覚えながら、ロングブーツの膝をこじ開け、完熟した肉壺《にくつぼ》に怒張をうがちこむ。

「あっ、ううぅ……」

包皮が引きつり、亀頭《きとう》が潰される。何故《なぜ》だろう。先日の交尾より随分ときついように思える。でも、心地がいい。少しきつめのほうが、雁首《かりくび》が擦れて具合がいい。

初体験では夢中だったが、今日は女体の反応を観察するだけの余裕がある。

司郎はレオタードの肢体をじっくりと眺めながら、夏樹の蕾《つぼみ》に男根を叩《たた》き込んだ。

「は、はぅ……んっ、んいーっ！」

瞬間、夏樹は辺りの空気を震わせるほどの大声をあげる。

「ど、どうしたの？　大丈夫？」

「いっ、いいの、気持ちいいの……続けて、お願いだから、やめないで」

眉間《みけん》に皺《しわ》を寄せ、切なげに先をせがむ夏樹。

快楽に戸惑うように自らの指先をしゃぶり、潤んだまなこを向けてくる。

先日とは打って変わった、何とも愛らしい仕草ではないか。

「……」

ふたたび司郎の頭に疑念がよぎる。夏樹は単に、麻美を演じているに過ぎないのかも知れないが……。

どちらにせよ、最後には真実が見えるはずだ。小水にまみれたシーツに、夏樹は恥ずかしげに自らの性癖を耳打ちした。イクとどうしても我慢できなくなるのだと……。

「ああっ、麻美さん、麻美さんっ!」

司郎はブーツの脚を肩に担《かつ》ぎ上げると、女体を二つ折りにして、真上から膣《ちつ》を突き刺した。

5

(いいわ。凄くいいっ!)

胎内に突き込まれる若勃起に「麻美」は久方ぶりの快楽に身を蕩《とろ》けさせていた。

そう、今ベッドにいるのは夏樹ではない。藤本麻美。兄嫁本人なのだ。

麻美にとってみれば、双子の妹を演じることなど容易《たやす》いこと。

幸い夏樹の言葉づかいにはかなり癖《くせ》がある。その口調に、どこか高慢な仕草さえ真似《ね》れば司郎が見抜けるわけもない。もともと二人の風貌《ふうぼう》は、両親さえ見分けることができないほど似ているのだから。

セミロングの黒髪は妹と同じショートボブに切り揃《そろ》え、その色も明るい栗色《くりいろ》に染めている。

今日の件はもちろん夏樹には伝えている。必要な金を与えることを条件に、一切の口止めをしている。

はなから司郎に対して恋愛感情など持ち合わせていなかった夏樹は二つ返事で了解してくれた。それればかりか、妻をほったらかしにした夫の責任だと、妹は自ら協力をも申し出てくれた。愛用の香水が貸し与えられ、夏樹の個性を印象づける化粧のテクニックも教えてもらえた。

あそこの毛をどのように処理しているのか、さすがにそこまでは聞けなかったが、すべて剃ってしまえば関係ない。

だが、ことベッドインしたとなれば話は別だ。

夏樹のように攻撃的なセックスなど出来ないし、男を喜ばせるだけのテクニックも持ち合わせていない。きっと本当の自分を曝《さら》け出してしまうだろう。それもしかし、麻美に戻ればすべて解決できる。たとえ司郎に疑念を抱かれても、今は「麻美」なのだと言い訳をすればいいのだから。

結局自分は金で男を、しかも義弟を買ったのだと、そんな罪悪感に苛《さいな》まれたものの、女盛りの性欲を抑えることはできなかった。

「あっ、あんぅ！　もっと……ねえ、司郎さん、もっとして、もっと突いてっ！」

軽い絶頂に襲われつつも、麻美はさらに責めをせがんだ。

若さに任せたばかりではない。探究心が旺盛《おうせい》なのか、司郎は様々な角度で膣を掘り、雑誌やアダルトビデオで知ったであろう、色々な体位を試してくる。

そのすべてが男日照りの若妻を狂わせる。

いいや、何より「モノ」が素晴らしい。硬さも太さも、そして長さも、全《すべ》てが夫を凌《しの》いでいる。

ひと突きごとに肉襞《にくひだ》がえぐられ、子宮の入口がノックされ、膣底が叩きのめされる。怒濤《どとう》のごときストロークにアクメの波が静まる間もなく、ことさら大きな愉悦に飲み込まれてしまう。

「お、俺……もう……で、るっ……」

強く乳房が揉《も》みこまれ、最後の一撃が見舞われる。

いなや膣内で肉棒がしゃくる。煮え湯のごとき精液がドクドクと胎内に迸《ほとばし》る。

同時に今までで最高のオルガスムスが女体を包み込む。

「うぅ……おっ、おぉ……ひぃ、イグぅ！」

下劣に泣き喚《わめ》き、頭をかきむしる。四肢《しし》を震わせ、背筋を仰《の》け反らせ、白目を剝いて天国に昇りつめる。

それでもしかし、交尾は終わらない。息つく間もなく体が起こされ、正常位から座位に体位が変えられる。

「こ、これはどう？」

ベッドのスプリングを軋《きし》ませ、その反動を利用して、司郎は精液が逆流する蕾を串刺しにする。

「はっ、はひぃ……そ、それ、いいっ！　し、死んじゃう、死んじゃふっ！」

このままひとり何処《どこ》かに飛ばされてしまいそうな激悦に、麻美は必死に義弟に抱きついた。首筋に嚙《か》み付き、背中に爪《つめ》を立て、牝猫《めすねこ》のように腰を振って若竿《わかさお》にしゃぶりつく。

絶頂、また絶頂……。

いつしか頭の中が真っ白になる。全身を痙攣《けいれん》させている、そのことだけを自覚しながらふっと意識を失う。

「今日は、オシッコでなかったね」

どれくらいの時が過ぎただろう。訝《いぶか》しげな義弟の声が麻美を目覚めさせる。

「お、オシッコ？」

「おかしいな。夏樹さん、イッたときはお漏らししちゃう癖があるって……」

「あ、あぁ……」

そんなこと知らない。妹にそんな癖があったなんて初耳だ。

（し、しなくちゃ。オシッコ出さなくちゃ！）

オルガスムスの性癖に、今は麻美なのだからと、くだらない言い訳がつくはずもない。麻美は必死に膀胱《ぼうこう》を緩め、ゆばりを迸らせた。

「ああ、出てきたよ。オシッコが……ははは。温かい」

吹き零れた小水を嬉《うれ》しそうに、男根に浴びせる司郎。

ベットリとまとわりついた本気汁を洗い流し、女の聖水をローションに変えて、ごしごしと筒をしごいてゆく。

萎《な》えかけていた肉筒が見る見るうちに復活を果たす。

「もう一回いくよ……ほら、ほらっ！」

「あんっ！」

放尿を終えるや否《いな》や、体がうつ伏せに押し倒される。

尻が抱き上げられ、バックからズブリと小便まみれの男根がうがちこまれる。

「んいいぃ！　はっ、はふぅぅ……もう駄目。壊れちゃう……いひぃ、いいのーっ！」

「こ、今度は、テニスウエアがいいな。短いスカートで……ヒラヒラしたパンツを穿《は》いて」

ガツンッ、ガツンッと下腹を尻に叩きつけ、掘削機《くっさくき》のごとく膣を掘り返しながら、司郎は次のコスチュームをねだってくる。

「うぅ、いいっ、何でも着てあげるから、もっと突いて、突き殺してーっ！」

何を望まれようが、どれほど淫《みだ》らな辱《はずかし》めを受けようが構わない。

麻美はひたすら肉悦に溺《おぼ》れ、絶頂の大海原に身を投じた。

エピローグ

「お帰りなさい。夕食すぐにできるから待っててちょうだいね」

予備校から帰宅し、キッチンに顔を覗かせた司郎を肩越しに振り返ると、麻美は鼻歌交じりに、セミロングの黒髪をなびかせながら料理の支度を整える。

「うん」

普段と何も変わりない、清楚《せいそ》な妻を演じる麻美に小さく頷《うなず》く。

このまま騙《だま》されていたほうが、二人のためなのかもしれないと。

だが、しかし……。

スリムなパンツに包まれた美尻を、魅惑的な曲線を眺めていると、どうにも我慢が出来なくなる。

「そう言えば、麻美さん」

「ん？　なあに？」

「テニスウエアはもう買ってくれたのかな？」

「ええ、ちょうど今日……」

出し抜けに尋ねられ、麻美は反射的に答えを返してしまう。

「やっぱり、麻美さんだったんだ」

「あっ……」

司郎の言葉に、麻美は初めて口を滑らせてしまった自分に気づく。

「いえ、あの……な、何のこと？」

おろおろと目線をうろつかせ、引きつった笑みを浮かべる麻美。

「わざわざ外で会う必要ないよ。どうせ、兄さんはいつも午前様なんだから」

兄嫁の台詞《せりふ》に小さく首を横に振ると、司郎はそっと麻美の傍らに擦り寄った。

「俺、わきまえてるつもりだよ。麻美さんは、兄さんだけのひとだって……だから、俺の前では、夏樹さんになってよ」

背筋に流れた黒髪を撫でつけ、ベールをはぐようにカツラを外す。

「いいだろう。麻美さん……いや、夏樹さんって呼んだほうがいいのかな？」

「ううん、麻美でいいわ」

もはや罪は犯してしまったのだ。今さら後戻りなどできはしない。

麻美はどこか吹っ切れたような面持ちで、義弟の唇を優しく奪った。

白い波に溺《おぼ》れて

早瀬まひる

早瀬まひる（はやせ・まひる）
著書に『御開帳』『もっと奥まで』（以上、はるの若菜との共著）、『マゾ・パラダイス――まひるのヒミツ日記』『まひるのM日記』などがある。

1

ギャラリーの前で足が止まった。

一枚の銅版画に添えられた作家の名、塩尻均《しおじりひとし》。

『窓辺のチューリップ』というタイトルをつけられた版画は、縦長の画面に黒の単色で刷られている。透明なグラスに活《い》けられた一本のチューリップ。花びらの蠟《ろう》のように艶《つや》やかな質感と、微妙にくねりながら水中を伸び上がる細い茎は不思議なエロチシズムを感じさせる。淡い影のような灰色から夜の闇《やみ》を思わせる漆黒に至るまで、墨の色の変化の何と豊かなことだろう……。

校舎の北の端にあった銅版画制作室に淀《よど》んでいた重苦しい刺激臭は今でも思い出すことができる。版を腐食するのに使う塩化第二鉄の褐色《かっしょく》の溶液から立ち上る細かい気泡は、人体に有害な成分を含んでいた。

部屋にはアクアチント・ボックスから飛散した松脂《まつやに》の微粉末も漂っていた。掃除機や換気扇の力を借りても完全に追い払うことのできない粉末は、版を刷るための鋼鉄製の巨大なプレス機、プレートウォーマー、万力を取りつけた傷だらけの作業机、紙を湿《しめ》らせる水を張ったプラスティック容器の覆《おお》いなど版画制作に必要な設備や道具の表面を、春先になるとやってくる黄砂のように覆い、ふとした拍子に舞い上がった。「銅版画は身体《からだ》をやられる」というのが、塩尻の口癖だった。「何で、こんなものに取り憑《つ》かれたんだか」

実際、中世のヨーロッパで銅版の制作に関わった職人が、胸を冒されて死亡する割合は高かったらしい。

「すみません」

声をかけられて振り向くと、噎《む》せ返るような花の香りが私を包んだ。薔薇《ばら》のピンクにルピナスの紫など彩《いろど》りも鮮やかな花束を抱えた女が申し訳なさそうに微笑《ほほえ》んでいる。脇《わき》へよけて女を通し、続いてギャラリーに足を踏み入れた私の行動は、香《かぐわ》しい花の香りに誘われたとでも言えば説明がつくのだろうか。

混みあった画廊の中央に、黒いスタンドカラーのシャツをまとった塩尻の上背のある姿が見えた。苦行僧を連想させる肉の削《そ》げた横顔と、瘦《や》せた体型は以前と変わらない。

私を見た塩尻の右の眉《まゆ》がぴくりと上がった。驚いたときの昔からの癖だ。驚きの表情はすぐに微笑に変わった。歓迎するようにワイングラスを上げて見せたあと、女から花束を受け取る。女と話し始めた塩尻に背を向け、壁にかけられた作品を眺めた。それぞれの額の横には売約済みであることを示す小さな札が添えられていた。

黒いテーブルの上の白い貝殻と枯葉、切り子硝子《ガラス》の皿に載せられたレモンとナイフといった静物を、白と黒の陰影だけで表現した作品は、それぞれが独立した小宇宙のような魅惑をたたえている。私は、硝子のコップに活けられた数本のアネモネの花を描いた作品に見入った。黒い花弁に縁取られた、雌《め》しべと雄《お》しべが描く円が、私を凝視する眼のようだ。昔の作品と比べれば、塩尻が格段の進歩を遂げたことは、私のような素人《しろうと》の目にも明らかだ。洗練され繊細さと濃密さが増し、表現が深いものになっている。

「水野が来てくれるとは嬉《うれ》しいね。……何年ぶりだろう?」

グラスを手にした塩尻の声で我に返った。

「十二年……でしょうか。表でお名前をお見かけしたので……」

かつて生徒だった人間が思いがけない場所で、久しぶりに教師に出会ったときに示すべき親愛の情とは、どんなものだろう。私はふさわしい態度を装《よそお》うとして、微笑んだ。たぶん私の微笑は少しこわばっていたのだろう。余裕のある微笑を浮かべて私を見つめていた塩尻は、通りかかった若い女からワイングラスを奪って私に与えた。

「もらうよ」

「いやだ、先生ったら」

笑いながら抗議する女のジーンズの破れ目から形のいい膝頭《ひざがしら》がのぞいている。女が立ち去ると塩尻は苦笑した。

「あの娘は新品のジーンズを買って、自分で切り裂いたのかな？　この歳《とし》になると若い人の行動は理解できないことが多いよ。彼女の作品にはおもしろいものもあるんだが」

私はかすかな嫉妬《しっと》を感じた。私には美術に関する才能がない。鑑賞するのは好きだけれど、クリエイトする能力に関しては幻想を持つことすらできなかった。

高校を辞めた塩尻が、都内に新設された芸術大学の講師の職に就いたという噂《うわさ》を耳にしたのは数年前だ。離婚して別の女性と結婚したという話もそのときに聞いた。

グラスに口をつける。さわやかな酸味のある液体が、甘い香りを残して喉《のど》を下りていく。私の勤務先を尋ねた塩尻は微笑した。

「ご両親は、さぞかし君を自慢に思っていらっしゃるだろうね」

謙遜《けんそん》の言葉をつぶやく。儀礼的な言葉、意味のないやりとりだ。

塩尻は私の仕事について尋ねたあと、話を変えた。常識に欠けた若者が大学で引き起こした突拍子もない事件を聞かされると、笑わざるを得なかった。豊かな髪には白いものが増え、目尻と頰の皺《しわ》も増しているが、魅入られたように相手の目を見つめる癖や、肉の薄い味のある顔立ちは人を惹《ひ》きつける。彼が戯《たわむ》れる相手に事欠くことはないだろう。

塩尻に話しかける人がいたのをきっかけに、ギャラリーを出た。ワインが思いの外効《き》いたのか、人混みに混じって当てられたのか息苦しい。私は、何かから逃れるように急ぎ足で歩いた。

立ち止まった私は、自分がどこにいるのかわからないことに気がついた。細い路地や狭い坂道を闇雲に歩くうち普段のテリトリーからはずれてしまったらしい。居酒屋やバーの青いネオンが光る夜の暗闇が、不意に危険な場所に変わってしまったような気がする。

「電話して」

私のスーツのポケットに名刺を滑《すべ》り込ませてささやいた塩尻の低い声が頭にこだまする。

どういうつもりなのだろう。私は、彼にもう一度会いたいのだろうか？　バッグの中の携帯が鳴りだした音で飛び上がりそうになった。

「はい?」

「優香《ゆうか》? 仕事終わった?」

「終わったわ」

「飯喰わない?」

「ゆっくりする時間はないけど、それでいいなら」

雅人《まさと》の声は、魔法のように私の気持ちを鎮《しず》めた。見覚えのあるカフェの看板に気づく。映画の帰りに雅人と入ったことのある店だ。パニックを起こしそうになっていた自分がおかしくて笑い出しそうになった。

携帯をバッグに戻し、いつもの居酒屋へ向かった。ゆっくりする時間がないなんて、どうして言ったのだろう。私たちにとってセックスは重要な要素ではないとはいうものの、思いだしてみると間があいているような気がする。

ビールの大ジョッキに鶏《とり》の唐揚《からあ》げ、サイコロステーキを注文した雅人は張り切っていた。

「あの企画、結局通ったんだよ。何とかなりそうだ。どう? 少しは、僕のこと見直した？」

「あら、そんなこと言って、私があなたを認めてないみたいじゃない？」

「君からしたら僕はいつまでたってもひよっこなんじゃない？」

「入社して四年もたって何言ってるの。しっかりしてよ」

ネクタイに糸くずがついているのを取ってやる。入社したてで右も左もわからないでいた雅人に仕事を教えたのは私だけれど、いつまでもこだわっているなんておかしい。

私は、指を脂《あぶら》だらけにしながら唐揚げにむしゃぶりつく雅人を楽しい気持ちで眺めた。学生時代はサッカーで鍛《きた》えたたくましい肉体を少し窮屈《きゅうくつ》そうな背広で包んだ姿は健康そのものだ。

雅人は、喉仏を動かしながらジョッキのビールを飲み干した。

「そう言えばさ、須賀《すが》ちゃん、結婚して会社辞めるんだって」

「須賀ちゃんが、寿《ことぶき》退社？……。入社当時はあんなに張り切ってたのに、意外だわ」

「彼女、優香にコンプレックスを感じてるらしいよ。水野さんは行動力がある。駄目上司に見切りをつけてさっさと転職するなんてすごいってさ」

「私が転職したのは、町原《まちはら》部長のせいじゃないわ。女性の昇進は一定以上は認めないっていう会社の方針に失望したからよ。雅人はわかってくれてると思ってたけど？」

「わかってるさ、そのことは。……ねえ、僕たちもそろそろ具体的に考えない？」

テーブルの下で雅人が私の手を握りしめた。

「具体的に考えるって、何を？」

「嫌だなあ、結婚のことじゃないか」

「そのうちね……。何だか今夜は疲れちゃったみたい」

小さなあくびが洩《も》れたのを手のひらで隠す。酔いが廻ってきたようだ。

塩尻のことは話さなかった。

2

二週間後の日曜日の午後、私は鼻歌を口ずさみながら駅前の舗道を歩いていた。木漏れ日が波形の敷石にまだらな影を落とし、そよ風が髪を軽く乱して吹き抜けていく。

短い警笛が鳴る。追いついた車の窓から塩尻が顔を出した。

「乗らない？」

私は肩をすくめた。

塩尻のことは忘れかけていた。土曜の夜から先ほど駅で別れるまで、雅人の部屋で過ごしていたのだ。雅人が好きな餃子《ギョーザ》を皮から作り、招待した友だちをビールでもてなした。結婚したらこんなふうに暮らすのだと私は思い、いつかは雅人と結婚するのだと改めて思った。

「家へ帰るんだろう？　送るよ」

亀《かめ》の歩みのようなスピードでついてくる塩尻に根負けした形で、車に乗り込んだ。

「なぜ私の家を知ってるの？」

「個展の芳名帳に書いてくれたじゃないか」

私は、ハンドルにおかれた彼の骨張った大きな手を眺めた。青白い静脈がかすかに浮き上がっている。

塩尻が手のひらで版のインクを拭《ぬぐ》っていた光景は記憶に焼き付いている。銅版画を刷るには、インクを擦《す》り込んだあと平面に残っているインクを落とさなければならない。最初は古新聞紙でざっとぬぐい取り、メリヤスの端《はぎ》切れ、柔らかい絹布で順に拭《ふ》き取っていくが、仕上げをするのは手のひらだ。日に幾度も強力な洗剤で洗う彼の手は乾燥し、少しかさついていた。

この手が、かつて私の乳房を撫《な》でたのだ。制服の白いブラウスの下で固く張りつめていた乳房を……。

「電話くれなかったね……」

私は沈黙した。十二年もたった今頃になって、婚約者も同然の恋人もいるというのに、こんな男と何を話しているのだろう？

「やっぱりおりるわ。停めて」

「怒ってるから電話してくれなかったんだろう？」

「そうよ！　あなたには腹を立ててるわ。あたりまえでしょ。おろして。おろしてちょうだい」

「何に腹を立てているのか教えてくれないか」

車はゆっくりと走っている。私のマンションの近くなのは確かだが、来たことのない場所だ。私は唇を嚙《か》んだ。卒業してからの年月など存在しなかったかのように、過去の屈辱が私を捕らえた。

「なぜ今になって待ち伏せなんかするの？　そんな気持ちがあるならもっと早く連絡してくれたらいいじゃないの？　私は婚約者がいるのよ。先生は、あのあと私を見ようともしなかったわ！」

廊下を歩く生徒の足音が妙にうつろに響く日暮れ前の時間、松脂の粉末は空中をたゆたい、塩化第二鉄の溶液はベニヤ板の覆いの下で静かに発酵《はっこう》していた。

白いブラウスと厚ぼったい紺のスカートを身につけた私は、プレス機の陰で濃厚な接吻《せっぷん》を受け、切ない声で喘《あえ》いだ。

塩尻の手がようやくスカートへ伸びたときには、もどかしさで震えんばかりだった。襞《ひだ》を幾重にも取った濃紺のスカートが捲《まく》り上げられ、閉じた太腿《ふともも》と下着が作る三角形の部分を撫でられる。閉じていた太腿は弛《ゆる》み、下着の下の熱い花は今にも弾《はじ》けそうだ。

「あぁ……あぁ……」

夜、自分の部屋で肉体から快楽を引き出すときの頂きに近い感覚が迫ってくる。彼から与えられる快感は、それよりずっと深くて強烈だ。体中の細胞に光が満たされ、時を待って震え始める。雨のあとの野原の草の一本一本が水滴で輝いているように、細胞の一つ一つに快楽の電子が負荷されている。

電圧を帯びた細胞がそれ以上の負荷に耐えきれず、放電する瞬間を私は渇望《かつぼう》する。歯を食いしばり瞼《まぶた》を固く閉じてその瞬間の到来を待ちわびる。

彼は、私に触れた男は自分が初めてだと思いこんでいた。そうではなかったのに。彼がそんなにも尊重していた私の純潔はそれより一年前の夏休みに、クラスメイトの鳴沢《なるさわ》によって奪われていた。

私は、月に一度か二度、鳴沢とホテルへ行った。鳴沢はもっと頻繁に行きたがったが、金がなかった。私は、かび臭い匂《にお》いの籠《こ》もる倉庫でブラウスを脱がされたこともあったし、勃起《ぼっき》したものを愛撫《あいぶ》させられたこともあった。

壁に立てかけられた大きなキャンバスや文化祭で使われた立て看板が、窓の隙間《すきま》から吹きこむ風で音を立てる。愛撫の手が止まった。薄目を開けると、塩尻の蒼白《そうはく》な顔に恐慌《きょうこう》が浮かんでいる。鳴沢が、キャンバスの後ろから這《は》い出してきたのだ。詰め襟《えり》の制服は埃《ほこり》にまみれ、ぎょろりとした目は血走っている。

「この淫乱《いんらん》女！　よくも二股《ふたまた》かけてくれたな。おかしいと思ったらこんなことしてたのか！　てめえ、優香は俺の女だぞ。他人《ひと》の女に手を出してただですむと思ってるのか！　教師がそんなことして許されると思ってるのか。しかも教室で。スケベ教師！　てめえなんか教師の屑《くず》だ」

鳴沢は息が切れるまで喚《わめ》き立てた。

塩尻は、鳴沢の青臭い自尊心に訴えかけた。振られた腹いせに告げ口するなどという行為は男として最低の振る舞いだと思わせ、沈黙を守ることだけがプライドを保つ道だと納得させたのだ。代償として、塩尻は二度と私と二人きりにならないと約束した。鳴沢も、最初はその言葉を疑ったのかもしれないが本気だった。

「勝手に決めないで！」という私の抗議は完全に無視された。

「帰るわ。二人とも馬鹿《ばか》みたい」

怒り狂った私がドアに歩み寄ると、塩尻の声が聞こえた。

「すまない。君を守るためだ。わかってくれ」

私は、叩《たた》きつけるようにして戸を閉めた。

塩尻は、私の姿を目にする機会さえ避けているようだった。鳴沢も私を無視した。塩尻と鳴沢のどちらに対する怒りが大きいのか自分でもわからなかった。

彼らが勝手に処分できる品物ででもあるかのように扱われた屈辱感だけが残った。

3

塩尻は車を停め、私の方へ向き直った。

「あのときは、ああするよりなかった。選択の余地などなかったんだ。首になるわけにはいかないからね。君は傷ついたというけれど、僕の気持ちはどんなだったと思う？　君は、大事に育てられたお嬢さんだった。女子高生が乱れた性生活を送っているなんて言ったって、一部の話だ。何かあればすぐ噂《うわさ》になる田舎町の、君のような育てられ方をした女の子が、まさかクラスメイトと経験済みとは思ってもみなかったさ。……それをいきなりあんな形で思い知らされた僕はどんな気がしたと思う？　……学校で君の姿を見かけたときは居ても立ってもいられなかった」

『大事に育てられたお嬢さん』という言葉に強い違和感を感じた。私が自分で考えている自身の姿と、塩尻が抱く私のイメージが違うのは当然のこととはいえ、その隔りはちょっとしたショックだ。私は、妻や娘を思い通りにコントロールするのは自分の権利であり義務だと確信する父に反抗することで自分を形作った。表立って反逆したわけではないけれど、父の反対を押し切り東京で就職口を見つけたときに感じた誇らしさは、今でも私を支えている。これで父の庇《ひ》護《ご》を逃れたのだ、最終的な独立を獲得したのだと私は思い、心の底から自分を祝福した。

塩尻は、うつむいて煙草《たばこ》に火をつけた。顔を上げ、薄い唇のあいだから煙を吐き出す。公園の木立の向こうに何かを見つけようとするように眼を凝《こ》らし、時折、煙草を挟んだ指を灰皿へ持っていって灰を落とした。彼の横顔は、流れ去った月日の長さと、二人を隔てる距離の遠さを物語っているようだ。

「あの頃の僕の暮らしは実に惨《みじ》めなものだった。作品に自信はあったけれど、世間は容易に認めようとはしない。自分は一介の高校教師で終わるのかと思うと気が狂いそうだった。鬱屈《うっくつ》した暗い日々の中で唯一《ゆいいつ》輝かしい存在、それが君だった。君は美しかった。屈託もなく毎日を飛び跳《は》ねるように生きていた。……僕は、二度と触れることができなくなった君を恨《うら》んだ。君を憎んだ。事実を見抜けなかった自分の愚かしさを悔やんだ。連絡する気になれなかったのは、そういうわけだ」

「でも、……」

喉が詰まったのを咳払《せきばら》いでごまかす。

「私の服を脱がせなかったのは、……バージンだと思っていたから？　それさえしなければ万一他人に知られたときに言い訳が立つと思ったからなの？」

なぜ、脱がせてくれないの？　なぜ私を完全に奪おうとしないの？　男の人はみんなそうしたがるものじゃないの？　彼が私を大切に思ってくれている証拠だと思えるときには気持ちが高揚し、彼にそうさせるだけの魅力が自分にないのだと思うときは気落ちした。塩尻との関係が続いていたあいだ、そしてその後も長いあいだ私の頭を占領し続けた疑問だった。

「そうじゃない」

「じゃ、どうして……？」

思いも寄らなかった可能性が頭にひらめいた。

「……まさか、先生は」

私は、彼の顔に苦悩の徴《しるし》を探した。彼はその種の男だったのか？　十数年のあいだ私の頭を悩ませてきた彼の行動は、というか行動の欠如の理由はそれだったのか？

塩尻は遠くの何かに目を凝らしている。何を見ているのか、振り返って確かめたくなるほど真剣な眼差《まなざ》しだ。

彼は私に視線を戻して尋ねた。

「説明させてくれるかい」

塩尻の住まいは、マンションの八階にあった。エレベーターを下りると、強い風が髪を乱した。

「一体、何なの？　秘密の小部屋に殺した奥さんの死体が隠してあるとでもいうの？」

鍵穴《かぎあな》に鍵を差し込む塩尻の傍《かたわ》らで、私は髪を抑えながら軽口を叩いた。私は緊張を解《ほぐ》したかったのだろう。緊張しているのは私だけではなかった。塩尻の横顔には、何やら思い詰めた気配が漂っている。

まっすぐ伸びた廊下の突き当たりから明るい光が射《さ》し込んでいた。磨硝子《すりガラス》を塡《は》めたそのドアの向こうがリビングルームだろう。よくある間取りのマンションは静まり返っている。壁を飾る絵一枚、花瓶ひとつない玄関には生活臭が欠けていた。

「奥さまは?」

「パリにいる。男と暮らしてるんだ」

塩尻はそっけない口調で言うと、右手のドアを開けた。平均的なものより広いという以外には、これといって特徴のない洗面所だ。浴室のドアが開いている。

足が竦《すく》んだ。タイルの床に、全裸の女性が顔をこちらに向け脇腹《わきばら》を下にして横たわっている。白い肉体を暗色の縄で縛《しば》り上げられ、黒い布で目を覆《おお》われた女が横たわる光景は、寝苦しい夜に私を襲う不可解な悪夢の一コマのようで、リアリティを欠いている。

女が目隠しで覆われた目をこちらへ向け、頭をもたげようとする。猿轡《さるぐつわ》を塡められた朱《あか》い唇から呻《うめ》き声が洩《も》れた。

「ど、どういうこと？」

声が掠《かす》れた。

「これが俺の正体さ」

若い女の後ろに回り込んだ塩尻は、柔らかな体に片足を乗せた。人が、森の中で見つけた丸太を足で転がして遊ぶように、足で女の肉体を動かしてみせる。女の唇から苦しげな声が洩れ、涎《よだれ》が滴《したた》り落ちた。豊かな乳房は、上下から締めつけた縄で変形し、細い腰は糸をかけられた肉塊《にくかい》のようにくびれて歪《ゆが》んでいる。

恐ろしいのは、へその真上を通って両脚のあいだへ消えている黒い縄だ。毛羽だった暗い色の縄が、身体の中心にある感じやすい部分にむごたらしく食い入っているのを見ると、胸が悪くなった。

「君を縛りたかった、こんなふうに」

塩尻が肉の中心を通るロープに手をかけてグイと引っ張ると、悲鳴が迸《ほとばし》った。

「やめて！　ひどいことをしないで」

「この女はこれが好きなんだよ」

「嘘《うそ》よ！　嘘言わないで」

心の中では、塩尻の言葉が正しいとわかっていた。呻き声は、夏の夜、素肌にまとわりついてくる重く湿った空気のようにねっとりと尾を引き、腰のうねりは男を誘っているようだ。

塩尻は、女の口から猿轡をはずした。

「おまえはこうされるのが好きなんだよな？　感じるんだろ？」

「……は、はい、好きです……ああっ！」

塩尻の長い指が女の叢《くさむら》に滑り込むと、しなやかな裸身が怺《こら》えきれずに痙攣《けいれん》し悲鳴が上がった。

私は廊下へ飛びだした。

4

玄関のドアが開け閉めされる音が聞こえたあと、塩尻が戻ってきた。

「これで二人きりだ……。やっと君の裸が拝める。一度でも素肌に触れたら抑えがきかなくなるのがわかってた。……君を処女だと思いこんでいた僕はさぞ滑稽《こっけい》だったろうな。君は腹の中で嘲笑《あざわら》ってたんじゃないか？」

ベッドが揺れる。ティーシャツ越しに乳房の丸みと弾力性を確かめた手が、裾《すそ》を捲り上げる。続いて捲り上げられたキャミソールのレースの縁が、私の目を覆った。背中に差し込まれた手がブラジャーのホックをはずす。悪寒《おかん》に襲われたように体が震える。こんなのひどい。ひどすぎる。どうしてこんな目にあわなくてはいけないの？

「あの女と同じように縛ってやる。君はそれが好きになる」

「うぐっ……うう」

抗議の言葉は、猿轡に遮られて届かない。私はもがいた。手錠がヘッドボードに当たって音を立てる。

「ほら、固くなってきた。君は感じると乳房が固くなる。昔と同じだ。……肉体は成熟したけれど、反応は変わらない」

うそ、いわないで。かんじてなんかいない。かんじているのは、恐怖とくやしさだけ。やめて、ああ、やめて。やめて、お願いだからそんなことしないで。

あきらめがあった。何をしても逃れられないというあきらめ。身を守る術《すべ》は何一つなく、抗議する術もない。私にできるのは耐えることだけだった。

涙が頬を濡《ぬ》らし、乾いた手のひらが全身を隈《くま》無く撫で回した。

彼は時折、不意をついた。優しい愛撫の最中に、突然肌に歯を立て叫び声をあげさせるのだ。反射的に仰《の》け反って逃れようとする私に、言い聞かせる。

「逃げようとしちゃいけない。自分を抑えるんだ……何をされても逃げちゃいけない……わかったかい？」

「わ、わかったわ……」

猿轡はとうにはずされ、身につけていた衣服はすべて剝《は》がされている。乳首の先端をひねり上げられて私は叫んだ。

「ごめんなさい、……わかりました……」

「それでいい」

うっとりするような甘い口づけが両脚のあいだの秘密の部分に与えられる。彼は巧妙だった。

蕩《とろ》けるように優しい愛撫と責苦を交互に与え、ときには両者を混合する。歓《よろこ》びを得るためには痛苦に耐えなければならないということ、苦痛に耐えたあとの果実は殊《こと》の外甘美であることを、彼は私に教え込んだ。彼は崖《がけ》の縁まで追い詰めながら、私が最後の果実を摘《つ》み取ろうとすると手を止めた。

何度もお預けにされた果肉を口に入れることを許されたときには、どうでもよくなっていた。私の体から甘美な果実を欲する欲求が失われ、他の何かが取って替わったようだった。

解放された私は、窓の外を呆然《ぼうぜん》と眺めた。空は、夜の闇《やみ》で覆われていた。夜空の下できらめく街の灯りのネックレスのような連なり。あの灯りの下《もと》では、穏やかで平穏な、正常な生活が営まれているのだ。私は、八階から地上を見下ろしているのにも拘《かか》わらず、真っ暗な奈落の底から、ライトで照らし出された明るい表舞台を見上げているような錯覚に捕らわれた。私が暮らしてきたシンプルな世界。光は光、闇は闇。光と闇が混じり合うことはなく、まして反転することなどありえない。私は、闇と光がときには反転し、ときにはその境界を失う異様な世界を知ってしまった。

「君は今夜はここに泊まる」

私の手からクロワッサンが落ちた。

「だって……私は家へ帰らなくちゃ……」

食欲などなかったが、命じられるままグラス一杯のワインを飲み、クロワッサンの欠片《かけら》を飲み込もうとしたところだった。

「明日の朝、会社へ電話をかけて体調が悪いから休むと言うんだ。わかったかい？」

私は首輪をつけられた。鍵がなければはずせない種類のものだった。毛布を一枚与えられ、洗面所の床に敷いた古いマットレスの上で休むように命じられた。カーテンレールに取りつけられた鎖の先端を私は見上げた。錠で閉じられた鎖を切断するには、ヤスリを使うしかない。

「そんな……」

「何なら、手足を縛っておいてもいいんだぜ。静かにできないのなら猿轡を噛《か》ませてやる」

「お願い……明日は大事な会議があるのよ。休むわけにはいかないの」

私は、猿轡と手錠をつけられ涙を流しながら寝入った。口答えをしたというので打たれた尻《しり》が激しく痛んだ。

にも拘《かか》わらず、その夜、私は幸福だった。長い間求めていることも気づかないまま求め続けていたものがようやく手に入ったような、長い流浪《るろう》の果てに心安らぐ懐《なつ》かしい故郷へ辿《たど》り着いたような、自分でも説明のつかない不思議な安らぎがあった。

5

私たちは、週に一度、ときには二度逢《あ》った。

週末の二日間を部屋から一歩も出ずに過ごすこともあった。塩尻は、私が素質に恵まれていると言った。

「あの部屋であなたが私にしたことも、これと同じだったような気がするわ……」

私は、両腕を持ち上げ、手首にできた縄痕《なわあと》を眺めた。薔薇《ばら》色《いろ》の縄模様はタトゥーのようだ。背後から私を抱く塩尻の手が、乳房を柔らかく玩《もてあそ》ぶ。

「焦《じ》らされて焦らされて……その挙げ句、邪魔が入って帰らなければならないことがしょっちゅうだった。あなたは私を訓練したのよ。……あなたに刻印を押されたようなものだわ……。一つだけ気になってることがあるの。浴室にいた女のこと……」

「前に説明したじゃないか。女を金で買うような男は嫌か？」

塩尻は、私の体の向きを変えさせ、顎《あご》の下に手を入れて顔を上げさせた。

「……わからないわ……あなたは、何度も？」

「ああ、何度かね。君はセックスを神聖視してる。それが間違いだ。セックスなんて、誰とだって同じさ。誰とでもできるし快感も得られる。性の世界では、誰だって交換可能な存在なんだよ」

「私と彼女は交換可能だって言うの？」

「完全にではないがね。君を手に入れることができないから、彼女で間に合わせようとした。どこが問題なんだ？」

「あの女は私の代役？……私が本物であの人がコピーなの？　私も誰かの身代わりなの？　それって……」

私の頭は混乱した。スターと代役、オリジナルとコピー。オセロゲームの駒《こま》のように、一瞬のうちに裏と表が入れ替わる世界。そこには安定したものが一つもない。それは危険な世界だ……。

私を見つめる彼の目の色が変化した。ベッドの下に手を伸ばして立ち上がった彼の手で、革の鞭《むち》がしなやかに揺れる。

私はいつも少し怯《おび》えた。初めて鞭を使われたときの恐れが甦《よみがえ》るのだ。けれど、私は怯えることが必ずしも嫌ではなかった。怯えている自分が嫌ではなかった。私は怯えながら、罪と罰と涙で構成された世界へ入っていく。私は、その芝居がかった世界が好きだった。そこで与えられる私の役割が、おなじみのものと感じられるのはなぜだろう。

オフィス街にあるイタリアン・レストランは、サービスランチを食べに来るサラリーマンやOLでにぎわっている。

路子《みちこ》と私は、赤と白のチェックのテーブルクロスがかけられたテーブルに腰を下ろして、レディース・ランチを注文した。

窓際《まどぎわ》の花瓶《かびん》に活《い》けられた濃色のチューリップの花弁の艶《あで》やかさが、塩尻のことを思い出させる。私は衝動的に、既婚者とつき合っているのだと打ち明けた。

「優香、最近きれいになったと思ったら、そういうことなの……。あたしも恋人欲しいな、結婚してる人は嫌だけど……。雅人さんはどうするの？」

「嫌になったわけじゃないけど、正直言うと頭にないのよね」

雅人とは、たまに食事を一緒にすることはあるが部屋へ寄ることはしない。彼は仕事で疲れているという言い訳を疑ってはいないが、不満が溜《た》まってきているらしい。

「私が雅人さんとつき合いたいって言ったらどうする？」

「いいんじゃない？　彼、あなたには以前から好意を持ってるわよ」

「本気で言ってるの？　本気にしたら怒り出すんじゃない？」

路子はフォークを操る手を止め、私の顔をまじまじと見つめた。

「なあに？　何か秘密を知ってるって顔してる。教えてよ」

『僕は君とのあいだに強い絆《きずな》を感じる。この絆は、何が起きても、二人のあいだにどんなことが起きても、決して壊れないという確信があるんだ』

頭の中で、塩尻の言葉が鳴り響いている。金管楽器の音色の艶《あで》やかさと輝かしさを持って高らかに響く言葉の前では、彼以外の人間の言葉は白い紙のように軽く無意味だ。

「ううん、秘密なんかないわ……何にもないわよ」

私は、ティーカップの中の温かいスープを啜《すす》った。彼と私の絆。それ以外に重要なことなど何もなかった。

マツモトキヨシへ寄るという路子と別れ、先に会社へ戻ろうとしたとき、サングラスをかけた女が近寄ってきた。

「話したいことがあるの」

私は通り過ぎようとした。宗教の勧誘か何かだろう。

「あなたは、浴室で縛られているあたしを見たでしょう。あたしはレナっていうのよ」

女はサングラスをはずし大きな黒い眼で私をまっすぐに見つめた。夜香性の花を思わせる白い肌と夜の獣を思わせるしなやかな肢体《したい》は、オフィス街の雑踏に似つかわしくないオーラを放っている。

「どうして私を知ってるの？」

「彼のマンションから出てくるところをつけて、あなたの家を突き止めたの。今日は、あなたが会社を出てくるのを待っていたの」

「なぜそんなことするの？」

「用心なさい。彼は、あなたにほんとうのことを話してないわ。あたしのことを恋人でも何でもないって言ったでしょう？　金を払ってときどき寝るだけの関係だって説明したでしょう？　あたしたち、そんなんじゃないのよ。あたしたちは、固い絆で結ばれた秘密結社の同志みたいなものなの」

私は後退《あとずさ》りした。潤《うる》んだような光りを放つ女の目が迫ってくるようで気味が悪い。日が陰り周囲が薄暗くなったような気がする。

「彼が、来月フランスへ行くこと知ってる？　奨学金が出たから一年は帰らないわ。

引っ越しの準備を手伝うために、奥さんが来週帰ってくるの。彼と一緒に暮らすのよ。彼、毎日彼女とメールしてるのよ」

「そんなこと聞きたくないわ。私に知って欲しいことがあれば彼が話してくれる。あなたから教えてもらう必要なんかないわ」

私は、女の手を振り払った。

「あなたが体験していることは、みんなあたしが以前に経験したことよ。彼にとってはいつもの行為、いつもの手順なのよ」

女の言葉が、足早に立ち去ろうとする私の背にへばりついた。

6

会社の帰りに、塩尻のマンションを訪ねた。塩尻は事も無げな口調で片づけた。

「あの娘はちょっとおかしいんだよ。思いこみが激しいというか」

「私の家も職場も知ってるって言ったのよ。気味が悪いわ」

「何もしやしないよ。僕から注意しておいてもいいが」

ほんとうに言いたいのは、そんなことではなかった。抱こうとする塩尻の腕を逃れ、向かい側のソファに腰を下ろす。私は冷静な口調を保とうとした。

「どうして話してくれなかったの?」

「知ってると思ってた。個展でも話題に出ていたし、秘密でも何でもない」

彼は私を捨てて去ってしまう。

迷子になったことに気づいた幼い子どもが感じるのと同質の恐怖と悲しみが、私を打ちのめした。心の中に、黒々とした巨大な竜巻がわき上がる。泣き叫ぶ子どものような悲鳴を上げ、木々や家を打ち壊し、車を団栗《どんぐり》のように転がして烈風が吹き荒れる。

わたしをつかまえて、しっかりつかまえて。お願い、わたしをひとりにしないで。でないと、わたしは竜巻に吸い込まれてしまう、ちいさなくろい点になって空の彼方《かなた》に消えてしまう。おねがい、おねがい、わたしをはなさないで。

私は、すがりつきたい気持ちをこらえた。

「あなたは、私たちのあいだには壊れない絆があるなんて言いながらフランスへ発《た》つ準備をしてたのね。あと一カ月しか一緒にいられないとわかってる相手に、よくそんなことが言えるものね」

「嘘《うそ》をついていたと言いたいのか」

「奥さんとパリでよろしくやってるあなたを一年間も待ってろって言うつもり？　以前と同じよ。あなたは私を新しい世界に引っ張り込んで夢中にさせておきながら、都合が悪くなると突然放り出すのよ」

「どうしろと言うんだ？　君を連れていくわけにもいくまい？」

どうして、それじゃいけないの？　一緒に来てくれと頼むくらいしたっていいでしょう？　パリで妻と暮らしながら、私に会うために家を抜け出す彼の姿が、頭に浮かんだ。煙草《たばこ》を買いに行くと嘘をついて家を出た彼は、人目を気にしながら螺旋《らせん》階段を駆け下りる。画面が替わると私の部屋。アパートの最上階の小さな部屋で彼を待つ私は、斜めに傾いた天井の下で、ベッドにもたれバルコニーから見える灰色の空を眺めている……。階段を駆け上る足音を聞いて私は振り返る……。ドアが開く。それは、昔の無声映画のようなモノクロの映像だ。ちかちか点滅する粒子の粗い映像には、カタカタという映写機のリールの回転音が付随している。

私はリールの回転を止め、出来の悪いストーリーを記録した出来の悪いフィルムを引きちぎった。

「終わりにしようと言うのなら、はっきり言って欲しいわ」

こっちだって予定があるんだからと、心の中でつけ加える。週末を八ヶ岳の貸別荘で過ごさないかという雅人の誘いを、仕事を理由に断ったのだ。彼の右眉《みぎまゆ》が上がった。

「終わりにする？　君はそうしたいの？」

「奥さんと毎日メールをやりとりしてるんでしょ？　みんな聞いたんだから」

「君はどうなんだ？　婚約者に俺のことを話したのか？　彼と別れたのか？」

私はバッグを肩にかけて立ち上がった。

「帰るわ。あなたとは二度と会わない」

彼は私の行く手を遮った。両の手首を抑えつけられた私は抗《あらが》った。

「君は、心の中じゃ苛《いじ》められたくてうずうずしてるんだ。この場で引きずり倒され縛られて力ずくで犯されたいんだ。君は鞭の味を覚えてしまった。鞭なしではいられない。週に一度は縛られないと生きていけない。そんなことないと言うなら帰れ。引き留めやしない。ただし今から十秒以内に出て行くんだ。十秒たってもこの部屋にいたら、そのときは覚悟しろ」

手首を握っていた力が緩《ゆる》められる。私は後ろへ飛びすさり、自由になった手首をさすった。

「あなたって人はどこまで傲慢《ごうまん》なの！　私が鞭なしではいられないですって？　縛られないでは生きていけないですって？　よくもそんな馬鹿馬鹿《ばかばか》しいことが言えるわね。

笑っちゃうわ。あなたなんか何にもわかっちゃいないのよ」

ありったけの嘲笑《ちようしよう》を込める。彼をめちゃくちゃに傷つけ、絶対に立ち直れないほどの打撃を与えたい。安っぽいポルノ小説そっくりな台詞《せりふ》を平気で言ってのける塩尻が許せない。私は言いたいことを言い、落ち着いて立ち去るつもりだった。

「あと五秒」

塩尻の声はロケットの発射時刻を数える男のように冷静だった。急ぐわけにはいかない。脅迫され慌《あわ》てて出ていくなんて嫌だ。決定的な別れの言葉を告げようと振り返ったとき、塩尻は襲いかかった。

「やめて！　私、帰るの！　帰るんだったら」

「駄目だ。僕は警告した。わかってないのは君の方だ。君みたいな女は、肉体でわからせてやるよりない。今夜は、徹底的に叩《たた》き込んでやる」

彼は、頬に平手打ちを喰わせて瞬時に抵抗力を奪った。顔だけは打たないという約束を破られた私はショックと痛みで何も考えることができなくなり、顔を両手で覆《おお》って倒れ伏した。

塩尻は後ろ手に縛った私を床に突き転がし、スカートの上から縄をかけた。脚のあいだに通された縄がスカートを皺《しわ》だらけにしてめくり上げ、パンティーの中心に食い入る。はだけさせられたブラウスから飛び出した乳房は縄でまっぷたつに分断され、ぎりぎりと縄が軋《きし》むまで締めつけられた。私の服を皺にしないように気を配っていた塩尻が、今は故意に衣服を、そして私の身体《からだ》を傷つけようとしている。

「スーツ姿で縛られている姿もそそるね」

塩尻の手に、刃の部分が鋭く光る鋏《はさみ》を見つけた私は震え上がった。何をしようって言うのと言いかけた声は、逆向きに跨《また》がった塩尻の勃起《ぼっき》したもので塞《ふさ》がれた。背中の下敷きになった両腕に痛みが走る。肉の柱は口腔《こうこう》を占領しさらに嵩《かさ》を増していく。吐き気を催すほど深いところまで呑《の》まされた私の目から、涙があふれた。

太腿《ふともも》の内側に冷たい金属が触れる。激しく鼓動する心臓は、皮膚を破って飛び出しそうだ。

塩尻は鋏を動かした。小さな布の切れっぱしと化したパンティーを、食い込んだ縄のあいだから引き抜き、目の前で振って見せた。完全に剝《む》き出しにされ縄が食いこんだ秘密の扉を、指で大きく開かれる。彼はそこにほくろがあると言った。

「ほくろがある女はいいんだ。反応が敏感で締め具合がいい。ほら締めてみろ」

指が差し込まれる。

私は涙を流した。歓《よろこ》びの涙でも苦痛の涙でもない。自尊心を傷つけられる痛みから流した涙だ。私という一人の人間ではなく『女』一般として扱われること、学校でも職場でもそれがいつも私を怒らせた。そんなふうに扱われると、私の心の中で冷たく固い怒りが膨《ふく》れ上がった。私は私だ。私は、男を満足させるために存在しているわけじゃない。私が無言で、でもせいいっぱい主張してきたものを、彼はいとも簡単に覆《くつがえ》した。

おまえは『女』に過ぎない。『女』は男のために、男を喜ばせ幸福にするために、男の快楽のために存在しているのだ。私が腹を立て憎んできた思想を、塩尻は私に押しつけた。

口腔を荒々しく侵し蹂躙《じゅうりん》する猛《たけ》々《だけ》しいものは、私が恨み続けてきたすべてのものの象徴だった。

「鋏で股《また》の縄を切っただけで、気絶するとは思わなかったな。そんなに怖かったのか？」

声が聞こえたが意味は理解できない。

灰色の平原がぼうっとかすんで広がっている。傍らでうねうねした山脈を作っているのは、手首を戒《いまし》めていた縄だ。目の前を何度も上下するぼんやりした黒い影は、瞬《まばた》きをする自分の睫《まつげ》だと気づく。

俯《うつぶ》せに横たわり両手をぐったりと投げ出した私の身体は、肉の楔《くさび》で固定されている。身動きひとつできない私の肉体は、羽根を開いた胴に鋭い針を差し込まれボードに留められた蝶《ちょう》だ。

圧《お》し掛かる重い体が動いた。

「ああっ！」

それだけは嫌だと拒否してきた孔《あな》に、肉の針を打ち込まれていることを思い知らされる。額ににじんだ冷や汗が、床に滴《したた》り落ちる。

凶器が動き始める。誰かが悲鳴を上げた。

肉の楔は、ミシン針のように動き続けた。


四日後の夜、私は雅人の部屋で彼の腕に抱かれていた。

雅人は、私が恐くなるほどの情熱を込めて行為した。塩尻に痛めつけられた部分に障《さわ》るのではと不安になるほどの熱意だった。果てたあとも私を放そうとしない彼の体に腕を廻す。

「数えてみたら、僕たち三カ月以上もしてないんだぜ。……いいのか？　僕が浮気しても」

「嫌よ……。嫌、灯りはつけないで」

枕元《まくらもと》のスタンドに手を伸ばしかけた雅人の腕を抑える。

「どうして？　間が開いたら恥ずかしくなったのか？」

雅人は暗がりの中で笑い声を立て、私の体を引き寄せた。

私は、汗ばんだ厚い胸に顔を埋めた。『交換可能な存在』という言葉が頭に浮かぶ。

私は塩尻のイメージを追い払おうとして、瞼《まぶた》を閉じた。肩を抱く雅人の手に力が籠《こ》もった。

「こんなの絶対よくないよ。結婚しよう。そうすれば毎日一緒にいられるじゃないか。日曜日に式場を予約しに行こう。ね？　君が式を挙げたいって言ってたのはどこだった？」

「……どこだったかしら……」

私はガウンを羽織ってトイレへ立った。便座に腰を下ろし、鍵《かぎ》をかけていないドアを眺める。

塩尻なら、ドアを開けて入ってくるだろう。ドアを閉めるなと命じるだろう。

おねがい、はいってきて。ドアをあけてはいってきて。どうしたのかたずねて。

7

雅人はドアを開けはしなかったし、塩尻は連絡してこなかった。

仕事をしていても、数日前に帰国したはずの塩尻の妻のことが頭を離れなかった。彼は妻のことも縛るのだろうか？　私は、塩尻を憎んだ。私を踏みつけにし悲鳴を上げさせた彼が憎くてたまらない。彼は、私のプライドを、靴裏で踏みにじり粉々に打ち砕《くだ》いた。『おまえは見えない絆《きずな》で俺に繋《つな》がれてるんだ』。彼は、私が上げる苦痛の叫びを無視して腰を動かした。ハンマーを振り下ろすような力をこめて、不自然で異様な場所に杭《くい》を繰り返し打ち込んだ。『おまえが誰と暮らそうが、誰とやろうが、俺が刻み込んだ印を消すことはできない』

うそよ、うそ。あなたなんか抹殺《まっさつ》してやる。完全に削除してやる。私はリセットボタンを押せるのよ。

買ってもらったばかりの指輪が光っているのを眺めると、雅人が尋ねた。

「どう？　婚約指輪をつけた気分は？」

「素敵……路子が見たら羨《うらや》ましがるわ」

嘘をつくことの容易さに驚きながら、彼の腕に腕を絡《から》ませる。

「新しいスーツも素敵だよ。この場で脱がせたくなる」

「こんなところで？」

私は笑いながら、腰に手を廻そうとする雅人から身を引いた。肩の上で軽やかに揺れる髪を整え、ショーウインドウに映る自分の姿を眺める。

細身に仕立てられた枯葉色のスーツは、体を覆い隠しながら体のラインを露《あら》わにしている。かっちりした仕立ては、気安く手を触れてはならないというメッセージを発し、胸元から覗《のぞ》く淡い色のシルクのブラウスは、シュークリームのように甘く柔らかな中身を暗示する。二つの矛盾したメッセージが相まって、仕事のできる、しかも女らしい女という幻が出現するのだ。艶《つや》のある栗色《くりいろ》の大型バッグと、すらりと伸びた脚を支える踵《かかと》の高いパンプス、マネキンがスーツに合わせてつけていたイタリア製の上品なベルトが、その幻影を仕上げている。

スーツに合わせてベルトも買うと言ったとき、路子は「気合いが入っているのね」と驚いた。

私は、塩尻に失ったものの価値を思い知らせてやるつもりだった。

ギャラリーの前で、私は不意に弱気になった。エンゲージリングをきらめかせ婚約者を連れて、男の前に現れるなんて悪趣味もいいところだ。塩尻は私を馬鹿にするだろう。雅人に怪しまれない程度に作品を眺めたら、すぐに帰ろう。塩尻がいないことを、私は願った。

片隅のソファで数人の男女と話していた塩尻は、私たちを見て立ち上がった。私は二人を引きあわせるしかなかった。

「お越し頂いて光栄です」

雅人を紹介すると、塩尻の右の眉がぴくりと上がったが、祝いの言葉を述べる口調は誠実そのものだった。

塩尻は、作品を見たあと帰ろうとした私たちを引き留めた。その場にいる数人の人間と飲みに行こうと言うのだ。誘いを受け入れた私の動機には、塩尻が隙《すき》を見て謝るのではないか、もう一度会ってくれと言うのではないかという期待があった。同時に、塩尻に私の幸福を見せつけたい、彼など必要としていないことを証明したいという欲望も潜んでいた。

どちらが私の本心だったのだろう。矛盾した二つの感情のうち、どちらが勝っていたのだろう……。

目が醒《さ》めたのは、午後も遅い時刻だった。布団《ふとん》にもぐり込んできた雅人が、酒臭い息を吐きながら重い体で圧し掛かってきたのだ。

「これ、初めて見るな。レースがいかしてるよ」

キャミソールを捲《まく》り上げて脱がせようとする。

昨夜、というより今朝の明け方だが、私は酔いつぶれた雅人をベッドに寝かせ、床に敷いた布団で眠った。スーツだけはハンガーにかけたが、着替えるのもおっくうで下着のまま寝入ってしまった。

「待って……ねえ……顔くらい洗わせて」

頭の中に昨夜の光景が甦《よみがえ》る。レモン色をした胃液のように苦い感情が胸にこみ上げた。雅人と私はお似合いのカップルだとか、式はいつ上げるのか、新居はどの沿線で探すのかといったことばかり話題にする塩尻の態度は、私を体《てい》よくお払い箱にできたことを喜んでいるとしか思えなかった。雅人と塩尻が、明け方近い時刻、人影もまばらなバーのカウンターで肩を並べて何やら話し込んでいた姿も記憶の隅《すみ》にある。これといって共通点もない二人のあいだに、どんな話があったというのだろう。

部屋へ戻ってきたとき、雅人が繰り返した言葉。『アーチストっていうのはやっぱりすごいよな』俺はが—んと来たよ』という言葉は、どういう意味だろう。

「やめて、そんな気分じゃないの。……昨夜のこと覚えてる？　婚約記念だなんて言って、私を強姦《ごうかん》しようとしたのよ。……あんなこと二度としないでね」

「なら、今から続きだ」

濁《にご》った笑い声を立てた雅人が、乳首に歯を立てた。

「痛っ！　そんな冗談嫌い。やめて。……ねえ、放してよ。放してったら！」

雅人は、私の肘《ひじ》を抑えつけたまま、放心したような顔で周囲を見回している。何を考えているのだろう？　雅人の手が離れたのでほっとしたのも束《つか》の間《ま》、私は体を回転させられ俯《うつぶ》せにされた。背中へ捻《ひね》り上げられた手首に何かが巻きつく。

「何するのっ?!　やめてっ。何のつもりなのっ？」

私は、首を捻《ね》じ曲げて表情を読みとろうとした。

「塩尻に何もかも聞いたんだよ。この裏切者！」

目の前が暗くなった。頬が燃えるように熱くなり心臓は百メートルを全力で駆け抜けたあとのようにばくばくしている。何もかも聞いたってどういうこと？　まさか、まさか、まさか……。

「おまえは縛られた方が感じるんだってな。やり方を詳しくレクチャーしてもらったよ」

　スカーフで目隠しをされ、丸めた下着を口に詰め込まれる。塩尻に私の魅力を見せつけるために装《よそお》った衣服と下着は、私を拘束し苦しめるための道具と化した。

　なぜ、そんなことまで話したの？　結婚を妨げたいのなら、そこまで話す必要はないじゃないの？　女を縛って痛めつけるのが好きだなんて知られても平気なの？　無数の疑問が急流の渦に巻き込まれた木の葉のように頭の中で回り続ける。

「これからは淫乱《いんらん》女として扱ってやる。嬉《うれ》し泣きか？　いくらでも泣け。もっともっと泣かせてやる」

　雅人の口から、こんな言葉が出るとは夢にも思わなかった。高みから嘲笑《ちょうしょう》するような、いかにも意地の悪そうな口調は、塩尻からさえ聞かなかったものだ。

　私は、枕元においてあった真新しいベルトで背中を打たれた。しなやかなベルトが薄い皮膚を打つたびに私は悲鳴を上げた。猿轡《さるぐつわ》に遮られた声は唸《うな》り声にしかならない。

「ふしだらな女、裏切り者、嘘《うそ》つき、スケベ女……」

　私を罵《のの》しる言葉は連禱《れんとう》のように続いた。

　目隠しが取り払われ、唾液《だえき》で濡《ぬ》れそぼった下着が引っぱり出される。雅人は、髪を鷲掴《わしづか》みにして顔を上げさせた。

「心配するな。淫乱女だとわかったからと言って結婚をやめる気はない。おまえは俺の奴隷《どれい》妻になるんだ。わかったか」

「いやあっ！　やめて。こんなことやめて。縄を解《ほど》いて」

「この強情女！　簡単には言うことをきかないだろうって、ヤツが言ってたとおりだよ」

雅人は足首の戒めを解くと、私の肉体を荷物のようにひっくり返した。私の鼻を押さえつけ無理に唇を開けさせる。空気を求めて開いた口に、先ほどまで下半身に嵌《は》め込まれていたものを含まされる。雅人は私の肩を太腿で抑えつけ、携帯電話を操作した。

8

「塩尻さんですか？」

私は雅人の体を振り落とそうとしてもがき立てた。膝《ひざ》を突っ張らせ腰を浮かせて振り落とそうとした。

　短い受け答えのあと、携帯電話が耳に押しつけられる。塩尻の声が聞こえた。

「おまえは、マニュアルつきで譲り渡されたんだよ。彼の手は俺の手、彼のペニスは俺のペニスだと思って受け入れろ。咥《く》わえているんだろ？　咥わえ心地はどうだ？」

「うぐっ……うぅ」

　雅人が腰を使い始めた。携帯を私の耳に押しつけながら、猛烈な勢いで腰を上下させる。

　吐き気が私を襲い、喉《のど》が排水パイプのような音を立てる。冷たい憎悪《ぞうお》が、胸の中心で炎を上げて燃えている。憎らしい。二人だけの秘め事を口外し、私をこんな目に遭わせる塩尻が憎らしい。

「おまえはレナと同じだ。男の欲望をそそる肉体に恵まれ、感じやすい身体《からだ》と強い欲求を持っている。おまえのような女には複数の男が必要だ。俺はおまえを彼に預けていく。一人で放っておくより安心だ」

　口腔《こうこう》に充満する肉が硬直の度合いを増す。窒息《ちっそく》させられるのではないかという恐怖が胸を締めつける。

「おまえは一人の女に過ぎず、彼も俺も一人の男に過ぎない。すべてが等価、すべての人間が交換可能なんだ。彼の言うことを聞いて、いい子にしてろ。そうすれば、一年後にはおまえを借りることもできるだろう。おまえの体を、彼と二人で楽しむ機会も来るだろう。楽しみだよ」

喉を塞《ふさ》ぐ肉塊が不意に消える。仁王立ちになって体を跨《また》いだ雅人が、狙《ねら》いを定めている。空気を求めて開かれた唇、瞠《ひら》かれた目、鼻梁《びりよう》と頬に乳白色の飛沫《しぶき》が飛び散る。夏の午後遅く地面を叩《たた》きつけるようにして降る夕立のような勢いで、生温かい雨が降り掛かる。

「自分のざまを見な」

引きずり起こされ、ドレッサーの前に押しやられる。椅子《いす》に頽《くずお》れた私の目に、おどろに乱れた髪の女が映る。女の目は、この世のものとは思えない恐怖を目撃したホラー映画のヒロインのように大きく見開かれ、早くも透きとおりつつある精液は赤い血のにじむ唇からねっとりと尾を引いて乳房の上へ滴っている。縛られ、打ちのめされ、利用するだけ利用された女。これが私？　ほんとうにこれが私なの？

私は叫びたかった。両手を耳に押し当てて絶叫したかった。

そうしなかったのは、一方で不思議な諦念《ていねん》に捕らえられていたからだ。私の心は小暗い森の奥深く緑の羊歯《しだ》に囲まれた沼のように静かだった。小波一つ、落ち葉が引き起こす小さな波紋一つ見当たらない鏡のような水面は、周囲にそびえる高い木々と遥《はる》かな空を永遠に映しだしている。

そうよ、これが、あなた。これが、あなたのほんとうの姿なのよ、誰かがささやく。声は、そよ風に揺れる木の葉のざわめきのように優しいけれど、真北を示す北極星の光のように曇りのない輝きを放っている。

無数のペニスは肉色に濡れてそそり立ち、数多《あまた》の女はまばゆい太陽の光の下で体を開く。唇で、手で、性器で、体のありとあらゆる孔で、匿名《とくめい》のペニスが放つ滑《なめ》らかな白い液体を受けとめる。快楽の海で蠢《うごめ》く無数の生き物は頭を擡《もた》げて叫び、光と闇《やみ》、夜と昼、オリジナルとコピーはトランプのカードのように混ぜ合わされて区別を失う。

私は、苦みとえぐみの混じった唾液を飲み下す。

強い匂いを放つ粘着力のある液体にまみれた顔が、男の手で撫《な》で回される。唾液と精液、涙で彩られた唇は指でこじ開けられ弄ばれる。放り出されていた携帯が再び耳に押し当てられた。

「呑んだのか？　味はどうだ？」

「うぅ……」

「返事をするんだよ」

邪険な声が命じ頬を打たれる。大粒の涙がぽろぽろとこぼれる。

「か、顔に……かけられました……に、苦いです……」

顔のどこにかけられたのか、どんな気持ちか。質問は続いた。

女空手師範淫欲《いんよく》地獄

白銀　純

白銀純（しろがね・じゅん）
大学卒業後、フリーターとして様々な職業を転々としライターとなる。別名義でゲーム・ノベライズ作品を多数執筆した後、作家としてデビューする。著書に『私立紅薔薇学園』『隷属実習生』『美人課長・恵理香』『強制猥褻―ＯＬ盗撮24時』などがある。

道場で空手の稽古《けいこ》に励んでいるむさくるしい男ども。どら声を発しながら激しい組み手に汗を流している彼らの様子を厳しい目で見つめているのが、道場の女師範、水野祐子《ゆうこ》だ。

「ほらそこ、気合い入れてッ。そんな蹴《け》りじゃ、小学生にも効かないわよ。常に一撃必殺のつもりで蹴りなさいッ」

後ろで無造作に束ねた艶《つや》やかな黒髪をなびかせながら、祐子は厳しい口調で檄《げき》を飛ばす。意志の強そうな瞳《ひとみ》と理知的な唇。そのくせやわらかそうな頬がまるで少女のような印象を与える。

体つきも小柄な方なので、道着を着ていなければ誰も祐子を空手の師範だとは思わないだろう。しかし、その実力は、全日本大会の軽量級で何度も優勝しているほどなのである。

もともとこの道場は祐子の夫の幸次郎のものだったが、交通事故で大怪我《けが》をして以来、彼が道場へ出てくることはほとんどなかった。事故で股関節《こかんせつ》を複雑骨折してしまった幸次郎は、治っても空手のような激しい運動は無理だろうと医者に言われていた。そのため、やけになった幸次郎は酒に溺《おぼ》れ、道場は祐子に任せっぱなしになっていた。そして、自分のことを顧《かえり》みてくれない幸次郎への鬱憤《うっぷん》を晴らすかのように、祐子はますます空手にのめりこんでいった。

数年前、美少女空手家としてマスコミに頻繁《ひんぱん》に取り上げられたことがあった祐子は、結婚した今でもまだ空手界のマスコット的存在として人気が高かった。そんな祐子目当てに入門してくる男も少なくはない。

だからといって道場での練習が厳しくないわけではなかった。それどころか、浮ついた気持ちで入門してくる者たちが多いぶん、祐子の指導はより厳しくなってしまうのだった。

さっきから、祐子は門下生の竹原のことをじっと見ていた。髪をオールバックに撫《な》でつけ、いつも不機嫌そうに唇を歪《ゆが》めている、どこかやさぐれた雰囲気のある中年の男だ。

最近入門してきたばかりで、それまで空手の経験はないということだったが、なかなか筋はよかった。痩《や》せているが骨太で、肩幅もがっしりしている。真面目《まじめ》に練習を続ければ強くなることだろう。

祐子が竹原を見ていたのには理由があった。昨夜のことだ。稽古を終えて帰ろうとしたときにシャワー室から奇妙な声が聞こえて来て、不審に思った祐子が覗《のぞ》いてみると、裸の男女が抱き合っていたのである。シャワーを浴びながら獣のような呻《うめ》き声を漏らしていたのがこの竹原、そして、悩ましい喘《あえ》ぎ声を漏らしていたのは以前から道場の女子部に通っている美少女の川崎恭子であった。

祐子は一瞬、自分の目を疑った。空手一筋といった様子だったスポーツ少女の恭子が、薄ら笑いを浮かべている竹原に裸の胸を鷲摑《わしづか》みにされて、恍惚《こうこつ》とした表情を浮かべていたのだ。しかも、よく見ると竹原の巨大な肉棒が後ろから恭子の陰部を刺し貫いているではないか。

シャワーの音に混じって、肉と肉がぶつかり合う音が響き、恭子は苦しげに喘ぎ続けていた。そんなふたりの恥態を覗き見ながら、祐子は最近自分の体を求めてこない幸次郎に対する欲求不満が急激に昂《たか》まってくるのを感じた。

喉《のど》が渇いて仕方がなかった。体の芯《しん》が熱く疼《うず》いてくる。無意識のうちに、祐子の手は自分の股間に伸びていた。しかし、空手着の上からだと刺激が届かない。もどかしい気持ちになって帯をほどこうとして、祐子はふと我に返った。自分がしようとしていた不潔な行為に気がついて愕然《がくぜん》とした。

そして、自己嫌悪《けんお》の思いにかられて逃げるように道場から立ち去った祐子だったが、冷静になってみると、やはり竹原の行為は許せないことだった。何も道場でそんなことをしなくてもいいではないか。祐子は、自分が今まで打ち込んできた神聖な空手を冒瀆《ぼうとく》されたような気持ちになっていた。

稽古が終わり、他の道場生たちと一緒に着替えて帰ろうとする竹原を祐子は呼び止めた。

「竹原さん、ちょっと残ってちょうだい」

スポーツバッグを片手に怪訝《けげん》そうに振り向いた竹原を残して、他の門下生たちは道場をあとにした。その一団が出て行ってしまうと、がらんとした道場の中には、祐子と竹原のふたりっきりになった。

「竹原さん。道場は神聖な場所なのよ」

「押忍《おす》」

「あんなことはやめてください」

「あんなことって、なんですか？」

「昨夜のシャワー室のことです」

祐子は自分の顔が赤くなってくるのを感じた。シャワーを浴びながら抱き合う男女の様子、恭子の陰部に突き刺された竹原の逞《たくま》しいものの記憶が、頭の中に蘇《よみがえ》ってきた。

「見ちゃったんですか」

「とにかく、やめてください」

空手着の上からじろじろと体を舐《な》めまわすように見る竹原の目つきに、祐子は記憶の中で裸の胸を揉《も》みしだかれているのが自分であるかのような、変な気分になっていった。

「師範、自分は女が好きなんです。抱きたいと思ったら、もう我慢できなくなるんです。それが道場でも、街中でも、どこでも関係ないんです。師範だって男に抱かれるのは好きでしょう？」

竹原は祐子の心の中を見透かしたように、唇を歪めて、いやらしい笑みを浮かべた。

「何てこと言うんですかッ。それじゃあ、ケダモノじゃないですか。そんなことだから、あなたはちっとも上達しないんです。恥を知りなさい、恥をッ」

「恥ですか……。師範は恥を知ってるんですね？　それじゃあ、俺と手合わせお願いしますよ。女の尻《しり》ばっかり追っかけてる俺と、ストイックに空手に打ち込んでいる師範と、どっちが強いのか試してみましょうよ」

祐子の頭に血がのぼり、握りしめた拳《こぶし》がブルブル震えた。

「私と勝負がしたいというのですね。……いいでしょう。その腐った性根《しょうね》を鍛え直してあげます」

少し迷ってから、祐子は竹原の申し出を受け入れた。相手は男だといっても、空手を始めてまだ間もない。祐子が負けるわけはなかった。

しかし、祐子はそんなに冷静に考えて決めたわけではなかった。とにかく竹原のふざけた軟派な態度が憎たらしくて、思いっきりぶん殴ってやりたかったのだ。

「師範が勝ったら、何でも言うことをききます。そのかわり、もし俺が勝ったら、そのときは俺の言うことをきいてもらいますよ」

ふたりは無人の道場の中央で向かい合った。祐子はジリジリと間合いを詰めていったが、竹原は両手をだら〜んと垂らしてへらへらしている。

「構えなさいッ」

「これが俺の構えですよ。どっからでもかかってきなさい」

ふざけるな！

祐子は心の中で叫んで、一歩大きく踏み込み、素早く正拳《せいけん》を突いた。仕留めた、と確信したが手応《てごた》えはなかった。タイミング的にはみぞおちに入ったはずなのに、竹原は簡単に突きを捌《さば》き、体勢を崩した祐子の顔面に膝蹴《ひざ》りを入れた。しかし、それは間一髪の寸止め。竹原は余裕の表情で祐子を見下ろしていた。

勝負は一瞬だった。そして、祐子の完敗だった。

「約束通り、俺の言うことをきいてもらいますよ、祐子さん」

自分の空手がまったく通用しなかったことにショックを受けている祐子の顎《あご》を竹原の掌底《しょうてい》が下から打ち抜き、膝から崩れ落ちた女師範の体は不気味な笑みを浮かべている男の胸の中へと倒れ込んでいった。

＊

頰に冷たい感触を受けて、ゆっくりと目を覚ました祐子は、なぜ自分がこんなところで眠っているのか不思議に思い、起き上がろうとして初めて自分の体が自由に動かないことに気がついた。

空手着のまま、後ろに両腕をまわされ、手首を縄で縛り付けられているのだ。道場の床に横たわっていて、上体を起こすことさえできない。

これはいったい、どういうことなのだろう?

虚《うつ》ろな意識でそう考えた祐子の頭に、竹原に対する屈辱的な敗北の記憶が蘇ってきた。そのとき祐子は不意に、自分のすぐ近くに誰かが立っている気配を感じた。

「やっと目を覚ましたようだな。ずいぶん可愛《かわい》らしい寝顔だったんで、このまま目を覚まさなかったら、俺の家の居間にでも飾ろうと思ってたんだぜ」

声は祐子のすぐ後ろから聞こえてきた。あの忌《い》まわしいケダモノの声だ。体の向きを変えると、竹原が腕組みをして立っているのが見えた。今にも舌舐めずりしそうに、だらしなく唇を開いている。

「いったいどういうつもりなのッ？」

「どういうつもりかだって？　俺との勝負に負けたんだから、あんたを生かすも殺すも俺の思いのままなんだぜ」

確かに竹原の言う通りだった。

「祐子さんって、意外とグラマーなんだな」

「何を言うのッ？」

「さっき縛るとき、あんたの体の感触をたっぷりと楽しませてもらったよ。いやあ、普段の凜々《りり》しい姿からは想像もつかない、やわらかいオッパイだったなあ」

祐子は全身から血の気が引いていくのを感じた。意識を失っていた間に、竹原の不潔な手が自分の体をまさぐっていたのだ。頭の中に浮かんできたその忌まわしい想像を打ち消すように、祐子は大声をあげた。

「ほどきなさいッ。この縄をほどきなさいッ」

「まだ、わかってないようだな」竹原は嬉《うれ》しそうに笑った。「あんたのその高飛車な態度が気に食わないんだ。女だてらに空手の師範だかなんだか知らないが、威張りくさりやがって。今のあんたはただの敗北者なんだよ。今夜はじっくりと、あんたに教え込んでやるよ。他人に服従する快感ってやつをな」

しゃがみ込んだ竹原の手が空手着の上から祐子の肩を、わき腹を、腰を……、ゆっくりと撫《な》で擦《さす》っていく。逃れようと必死に体を捩《よじ》る祐子だったが、それは叶《かな》わぬ望みだった。

今にも涎《よだれ》を垂らしそうなほどだらしなくニヤついている竹原の顔を見ていると、再び祐子の体の中に怒りがわきあがってきた。

「やめなさいッ」

祐子の怒鳴り声に驚いたように手を引いて、竹原は照れ臭そうに笑った。

「そうこなくっちゃ。そうでなきゃ、美少女空手家の水野祐子を嬲《なぶ》る楽しみが半減しちまうからな」

床の上に横たわっている祐子を、竹原は冷ややかに見下ろした。

およそ女らしいとは言えない空手着に身を包んだ祐子だったが、荒い息を吐きながら横たわる姿は、覆《おお》い隠せないほどの妖艶《ようえん》な美しさを漂わせていた。隠そうとすればするほど、かえって女の性が際立《きわだ》ってくるのだ。

激しい稽古で流した汗を吸ってじっとりと湿っている空手着が、祐子の体に張り付いている。舐めまわすように見つめる竹原の視線を感じて、祐子はもじもじと体をくねらせた。

「どうした？　汗に濡《ぬ》れた体が気持ち悪いのか？」

竹原の手が再び祐子の体に伸びた。祐子が怒鳴りつけても、今度は竹原も怯《ひる》むことはなかった。祐子の胸元に入り込んだ竹原の手が、ぐっしょりと濡れたTシャツの上からやわらかな胸を揉んだ。

「あ〜あ、こんなに汗かいちゃって……」

空手着の前をはだけ、竹原は汗に濡れたTシャツに顔を近付けて祐子の匂《にお》いを嗅《か》いだ。

「やめなさいッ……やめてッ……」

「いい匂いだ。香水とかでごまかそうとしない、本当にいい女の匂いだよ。だけど風《か》邪《ぜ》をひいちゃいけないから、こんなものは脱いじまおう。稽古はまだまだこれからだからな」

竹原はTシャツの襟首《えりくび》の部分に手を入れて、一気に引き裂いた。

「いやッ」

色白の祐子の肌が激しい運動のためにピンクに色付き、胸を覆ったスポーツ・ブラは汗を吸って濃いブルーに変色してしまっている。外見の凛々しさからは想像もできないほど豊かな胸のふくらみ。押さえ付けているブラの丸みが、竹原の劣情を改めてくすぐる。

「なかなか立派なもんだ」

竹原の言葉に祐子は恥ずかしげに唇を噛《か》んだ。長年、男勝りで武道に打ち込んできた祐子は、自分が女であるということにコンプレックスにも近い感情を抱いていた。

普通の女の子なら胸が大きくなることはよろこびに違いなかったが、祐子にとっては大きすぎる胸が男たちの目を引きつけることが厭《いや》でしかたなかったのだ。

その豊かすぎる胸をさらしのように締め付けるスポーツ・ブラに竹原の手が伸びた。伸縮性のある素材を使っているために、押しつけられると、張りのある乳房が指を跳ね返す。覆い隠すべき忌まわしき女の部分を、竹原という下品な男の指で玩《もてあそ》ばれるのを、祐子は硬く目を閉じて、唇を噛みしめて耐えた。

「へへ、たまんねえな、この感触」

竹原が祐子の乳房を両手で強く摑んだ。

「あぁッ……」

硬く結んだ唇が微《かす》かに開き、悩ましい声がこぼれ出る。

「なんだ、そんな可愛らしい声も出るんじゃねえか」

その反応に気を良くした竹原は、蕎麦《そば》でもこねるように祐子の胸を乱暴に揉みしだき始めた。

「や、やめなさい……やめて……」

拒む声は少しずつ弱々しくなっていくが、こんな状況で感じていることを悟られまいと、祐子は竹原を睨《にら》みつけた。しかし、竹原は特に動じる様子もなく、ふと何か思いついたように傍らに置かれた自分のスポーツバッグをごそごそと搔《か》き回した。

「そうそう、こんな物も用意してあるんだよ」

そう言って竹原が取り出したのはハサミだった。今、祐子の体を拘束している麻縄に、ハサミ。今回のことは最初から計画的だったのだ。

「そのハサミで何するつもり……？」

鈍く光る刃先を見る祐子の表情に恐怖の色が浮かんだ。

「いいことだよ」

大きく開いたハサミの刃先を、竹原は祐子の頬に押しつけた。

「や……やめて……」

「そうやって、ビビッた顔もなかなかそそるぜ。いつも俺たち道場生にきつくあたりやがって。一度こうやって苛《いじ》めてやりたかったんだ。ああ、いい気味だ」

「何言ってるのよ、私は空手の指導をしていただけ。あなたたちを苛めたりしてたわけじゃないわ」

「さあ、どうかな。館長が事故にあってからのあんたは、かなり苛々《いらいら》してたようだったけどな」

思わせぶりに微笑《ほほえ》んでみせる竹原の言葉に、祐子はハッとした。確かにあの交通事故があって以来、幸次郎が自分の体を求めて来ないことに悶々《もんもん》としながら、空手の指導にその鬱憤《うっぷん》をぶつけていた。そんな祐子の指導は、少し感情的に過ぎていたかもしれない。

「だけど……」

「いいんだよ。あの厳しいあんたの姿を思い浮かべながら苛めるのが、すっごく興奮するんだからな」

「変態！」

「ああ、俺は変態さ。でもな、あんたもすぐに変態に目覚めるんだ」

竹原の手に握られたハサミの刃先が祐子の頬からゆっくりと下へ滑り、水色のスポーツ・ブラを登り、その頂で止まった。そして薄い布一枚下にあるはずの硬い突起物の存在を確かめるように、ツンツンと突いた。

恐怖を感じて、自由のきかない体を捩ってハサミの刺激から逃れようとする祐子を、竹原が膝で押さえ付ける。

「そんなことをして面白いのッ？」

「ああ、面白いね。あんたもすぐに面白くなるよ」

「あぁッ……」

竹原がブラジャーの先端部分を摘《つま》み上げ、そのとき、先ほどからの愛撫《あいぶ》によって敏感になっている乳首を一緒に摘まれて、祐子は可愛い声を洩らしてしまった。

「ヘヘッ」竹原はいやらしく笑って、祐子の乳首を指の腹でグリグリと転がした。

「どうだ、楽しくなってきただろう？」

さらに上に引っ張ると、乳首が滑り抜けて竹原の指にはブラだけが残った。そして、引っ張られた部分をハサミが切り取った。

「いやッ」

祐子が悲鳴をあげるのと、パチンという音を響かせて水色の布が乳房に張り付くのは同時だった。しかし、切り取られた部分だけは祐子の乳房を覆い隠すことはできない。祐子の勃起《ぼっき》した乳首が、ぽっかりと開いた丸い穴から顔を覗かせていた。

その小さな突起物は少女のように可愛らしいピンク色をしている。乳輪も小さく上品な感じだ。美少女と呼ぶのが相応《ふさわ》しい祐子の幼い顔立ちと、可愛らしい乳首がとてもよく似合っている。

「きれいな乳首だな。あんまり旦那《だんな》にいじってもらってないんじゃないのか」

卑猥《ひわい》な言葉を浴びせられて、祐子は屈辱に歪《ゆが》んだ顔を背けた。もうひとつの乳首の方も同じように穴を開けてから、竹原は祐子の全身を舐めまわすように見た。

「いい眺めだな」

いつも屈強な男たちを相手に厳しい指導をしているときと同じ空手着を着ているにも拘《かか》わらず、はだけた胸元から乳房のふくらみが覗いている。おまけに頭頂部を切り取られて、乳首だけを凌辱《りょうじょく》者の目に晒《さら》しているという淫《みだ》らな姿。竹原のいやらしい視線を感じて、祐子の体が熱く火照《ほて》ってくる。

「もう、やめなさい……」

師範らしく落ち着いて諭《さと》すように言ってみるが、祐子の声は弱々しく震えていた。

「やめろ、っと言われても〜」

変な節をつけて歌うように言う竹原のふざけた態度に、祐子は悔しさのあまり唇を噛んだ。そんな祐子の気持ちにまったく無関心な様子で、竹原の左右の手が、硬く勃起した剝《む》き出しの乳首をそれぞれ摘んで指の腹で転がした。

乳首を指先でいじりながら、竹原は快感を噛み殺すように硬く結んだ祐子の唇に自分の唇を重ねた。そして、こじ開けるように祐子の唇を舐めまわし、ふとしたはずみで開いた隙間《すきま》に舌をぬるりと滑り込ませた。

「うぐッ……」

低く呻《うめ》く祐子の口の中を掻きまわすように舌を動かす。その禍々《まがまが》しい舌を噛み切ってやろうかと思ったが、結局、抵抗することもできず、祐子はただされるまま口の中を舐めまわされ続けた。

美しい女空手師範の生温かい口腔《こうこう》粘膜の感触に竹原の下劣な情欲が昂《たか》まってきたらしく、荒い鼻息が祐子の頰をくすぐった。そして、同時に舌を押し込まれた祐子の唇から洩れ出る吐息もどんどん熱く、激しくなっていった。

優しく乳首を嬲るだけでは満足できなくなった竹原が祐子の豊かな乳房を鷲摑《わしづか》みに

して乱暴に揉みしだき、祐子の体はその愛撫に応《こた》えてなまめかしくくねり始める。

「だいぶ、その気になってきたようだな、この淫乱《いんらん》女め」

唾液《だえき》が糸を曳《ひ》く唇を歪めて嘲《あざけ》る竹原の言葉を聞いて、不意に我に返った祐子は縛られている縄を引き千切ろうと激しく体を捩った。たとえ一瞬でも薄汚い愛撫を受け入れてしまったという嫌悪感《けんおかん》に、全身が総毛立つ思いだった。

「もう、いいかげんにしなさいッ。こんなことして、ただで済むと思ってるのッ？」

卑猥な姿で睨みつける祐子を、竹原が嬉しそうに笑いながら見下ろしている。その両目にはさっきまでに増して残酷な色が浮かんでいた。

「はいはい、その調子。弱々しい水野祐子なんて見たくないからね。……ま、ちょっとは見たいけど、それはあとに取っといて。さあ、お楽しみはこれからだよ」

空手着に包まれた祐子の股間《こかん》に竹原の手が食い込んだ。

「いやッ、やめなさいッ……あぁッ……」

内腿《うちもも》をぴたりとくっつけて防ごうとする祐子だったが、締め付けられることで竹原の手は余計に強く祐子の股間に押しつけられる結果になる。じっとりと湿った空手着と内側に秘められたやわらかな肉の感触に、竹原はほくそ笑んだ。

「へへへ……、柔らけえ」

悪ふざけするように竹原が激しく指を動かすと、祐子は悲鳴をあげて、卑猥な指から逃れるように壁際まで体をずりあげた。

「いい子だから、おとなしくしな」

そう言って竹原がいったん体を離して中央に引きずり戻そうとしたそのとき、竹原目掛けて祐子が蹴《け》りを繰り出した。

「いいかげんにしなさいッ」

しかし、後ろ手に縛られている上に、床に転がされた体勢のために祐子の脚は思うように動かず、竹原に簡単に受け止められてしまった。

「まだまだ元気いっぱいのようだな」

足首を摑んで荷物でも運ぶように祐子の体を引きずる竹原。まったく抵抗することも許されず、無様に引きずられていく屈辱的な自分の立場に、祐子は悔しげに声を荒らげた。

「放しなさいッ、もう、いいかげんにしなさいッ。……お願い、もうやめて……」

「放して欲しかったらおとなしくするんだな。稽古《けいこ》が終わったら自由にしてやるよ。でも、そのときは、また縛ってくれと自分からお願いしてくると思うけどな」

再び道場の中央まで引き戻された祐子に、竹原は獣じみた唸《うな》り声をあげながら襲いかかった。そして、胸元を大きく引き開け、ボロ切れのようになったTシャツをブラジャーもろとも、空手着の間から乱暴に引き抜いた。

「いやッ……」

押さえ付けていた力から解放されて、弾《はじ》け出た祐子の豊満な乳房がぷるぷると揺れた。

「可愛らしい声だな。まるで生娘みてえだ。だけど、本当はオマ◯コ大好きの人妻なんだから驚きだよ。その演技力で館長を落としたのか？」

仰向けに横たわっていても形の崩れない美しい乳房をはだけた胸元から晒したままの姿で、祐子はキッと竹原を睨《にら》みつけた。

「おおッ、いいね、その目。そこらのフェロモン女とは全然違うよ。エッチな格好に、凜々《りり》しい顔立ちがとっても卑猥だぜ」

竹原は剝き出しの祐子の乳房に手を添えて、両側からすくうようにして細かく揺らした。波打つ乳房に受ける快感を悟られまいと、祐子はニヤついた竹原の顔をまっすぐに睨み続ける。

「いつまでそんな平気な顔をしてられるかな」

竹原の手が乱暴に祐子の乳房を揉みしだき、硬く勃起した乳首をときおり摘みあげた。執拗《しつよう》な竹原の愛撫に、祐子の唇が徐々に開いていき、苦しげな吐息がこぼれ出る。

それでもまっすぐ竹原の顔を睨みつけている祐子の厳しい目。その対照的なふたつの魅力が、ますます竹原の醜悪な嗜虐《しぎやく》欲をくすぐるのだった。

「今度はこっちだ」

「ああうッ……」

胸の愛撫に気をとられて無防備になっていた祐子の股間に竹原の右手が素早く滑り込み、油断していた祐子は思いがけず敏感な部分を刺激されて小さく声を洩らしてしまった。

勝ち誇ったようにいやらしく笑う竹原の顔に、敗北感にも似た思いを感じた祐子はゆっくりと目を閉じた。とたんに今まで抑えつけていた快感が堰《せき》をきったように祐子の体の中に溢《あふ》れ、股間をまさぐる竹原の手の感覚が直接体の奥深くまで入り込んでくるように感じられた。

「あああ……はあああん……」

気がつくと、祐子の口からは淫《みだ》らな女の声が溢れ続けていた。

「だいぶ感じてきたようだな」

竹原が満足気につぶやいた。自分の火照った顔を見られたくなくて祐子は体を捩ったが、縄によって拘束された体は、凌辱者の思いのままだった。

強すぎるぐらいの刺激で空手着の上から祐子の股間をまさぐる竹原の手。同時に乳房も玩ばれている。体の芯《しん》が熱く疼《うず》き出し、溶け始めた何かが、恥ずかしい部分から溢れ出てくるように感じられた。

「なんか、湿ってきたぞ」

竹原がからかうような口調で指摘した通り、汗で湿っていた祐子の空手着が、徐々にもっと違う濡れ方をしてきていた。

「そ……それは……」

足元にまわって、竹原が祐子の両脚をひろげて覗き込む。祐子は脚を閉じようと抵抗するのだが、なぜだか力が入らない。竹原の顔が祐子の股間に近付けられた。くんくんと鼻を鳴らして匂いを嗅ぐのを感じて、祐子は恥ずかしさに顔をしかめた。

「なんか変な匂いがするな」

「やめてッ」

「汗の匂いに混じって、なんかサカリのついた雌犬のような匂いがするんだけど。これはいったい何の匂いなのかな」

「いやッ、いやッ……」

恥ずかしげに首を振る祐子に構わず、竹原は空手着の股間に鼻を押しつけるようにして匂いを嗅ぎ続けた。そして、上着の裾《すそ》から手を差し入れて、腰のところで結ばれている紐《ひも》をほどき、裾の部分を摑んで道着を一気に引き抜いた。

「だめッ……」

上から見下ろす竹原の視線を感じて、祐子は内腿を硬く閉じ、もじもじと体をくねらせた。はだけた胸元では、弾力のある乳房が揺れている。空手着がミニスカートのようになった下に、薄いブルーのパンティーがのぞく。そして、股の付け根の部分の色だけが水気を含んで黒ずんでいる。

「いい眺めだ。すっごくエッチだよ。素っ裸にひん剝《む》かれるよりも、こっちの方が何倍も恥ずかしいだろ」

竹原の指摘は正しかった。空手着は祐子にとって神聖なものであると同時に、女という自分の性を隠す鎧《よろい》でもあった。純白の空手着で身を包んだとき、祐子は女である前にひとりの空手家なのだった。祐子にとって女を超越することが、究極の目標だったのだ。

しかし、今は空手着の下だけを脱がされるという格好で、逆に女を強調する結果になってしまった。まるで深夜番組の下品なショーの出演者のような格好をさせられているということが、祐子の空手家としての誇りを深く傷つけた。

「じゃあ、ちょっとひろげてみようか」

竹原が恥辱にまみれた祐子の両足首を摑んで押しつけると、赤ん坊がオシメを交換してもらうときのような格好になり、パンティーが食い込む股間が剝き出しになった。

「いやぁだぁ……」

祐子の子供っぽい声。もう男勝りの美少女空手家の姿は影を潜め、そこにいるのは男に許しを乞《こ》う弱々しい女でしかない。

「ずいぶん可愛《かわい》い声が出るじゃないか。まるで女子高生だ。もっとも、それほど歳《とし》も離れてるわけでもないものな。今、二十二だっけ。ずいぶん早く結婚したもんだな。後悔してるんじゃないのか」

竹原の鼻先が再び祐子の股間に近付く。水分を含んで変色したパンティーを間近に見て、竹原が鼻で笑った。

凌辱者の前で淫らな格好をしているという恥辱感に苛《さいな》まれながらも、いや、だからこそ却《かえ》って祐子の体は激しく反応してしまう。

「ううッ……」

パンティー越しに竹原の鼻が敏感な部分を擦《こす》りあげると、体の奥から何かが溢れ出てくるのが自分でもわかった。その液体は、ますますパンティーを濡らしていく。竹原が祐子のその反応に気がつかないわけはなかった。

「このぬるぬるしたものはなんだ？」

「……知らないッ」

「知らないわけはないだろう、人妻のくせに。まあ、いい。俺が確かめてやるよ」

屈辱のあまり体を硬直させている祐子のパンティーに竹原が手を掛けて、ニヤニヤ笑いを浮かべながらゆっくりと引き下ろす。肉襞《にくひだ》から粘ついた液が糸を曳く感覚に、祐子の恥ずかしさは一気に高まっていった。

「あああ……」

剝《は》がされていくパンティーを引き止めようとするかのように、祐子の切ない声が洩れた。しかし、祐子のその恥ずかしそうな様子は、竹原をますますよろこばせるだけだった。

まだ初潮も迎えていない少女のように薄い陰毛が遠慮勝ちに覆《おお》っているだけの祐子の肉裂。ぴったりと閉じ合わせてみても、固い蕾《つぼみ》の間から、粘り気のある蜜《みつ》が溢れ出ている。

「どうしたんだい、なんだか、ひどいことになってるな」

竹原の節くれ立った指が祐子の肉の合わさり目をすっと撫《な》でる。ただそれだけのことで蜜にまみれてしまった竹原の指はぬらぬら光った。

「ほら、よく見ろよ。ベトベトだぜ」

「いやッ……」

自分の興奮の証《あかし》をまとった指を鼻先に突きつけられて、逃げ場のない祐子はただきつく目を閉じるだけだった。

「おまえ、やっぱり相当溜《た》まってたみたいだな。この濡れ方はただごとじゃねえよ」

竹原の言葉が鋭く祐子の心をえぐった。図星だったのだ。事故にあって以来、幸次郎が祐子の体を求めてくることは一度もなかった。ひょっとしたら事故の後遺症で男性機能が損なわれることになるかもしれないと言っていた医者の言葉を何度も思い出しながら、まだ若い祐子の体は幸次郎の肉棒を求めて夜泣きするほどだった。

男の愛撫《あいぶ》に餓《かつ》えていた祐子の体は、意識とは裏腹に、たとえ凌辱者の手であろうともよろこんで受け入れてしまっていたのだ。肉体と心の狭間で祐子は身悶《みもだ》えた。

「はあぁぁッ」

竹原が祐子の膝《ひざ》の裏に手を添え、そのままグイッと押しつけてきた。めくれた空手着の下に煙るような繊毛が、さらにその下には淫らに口を開いた秘唇《ひしん》があった。祐子の肉襞はだらしなく涎《よだれ》を垂らしながら、激しく愛撫されることを望んでいた。

指でひろげるまでもなく、口を開いたピンク色の洞窟《どうくつ》からは、体の奥まで見通すことができた。土手肉のいくぶん黒ずんだ様子とは対照的に、肉襞の奥は赤く充血していて、溢れ出る蜜に濡《ぬ》れてなまめかしく光っている。

「内臓まで丸見えだ。どうだ、恥ずかしいか？」

「……やだッ……やめて……」

祐子は弱々しく首を振った。自分の無力さに、祐子は今まで感じたこともない不思議な気分になっていった。こんな気分は初めてだった。淫らな格好をさせられ、男の卑猥な目で見下ろされることに、祐子は体の奥の方で何かが熱く脈打ち始めるのを感じていた。

「男勝りで、いつも偉そうに威張っていたあんたが、白帯の中年男の前で、こんなみっともない格好をしているなんてな」

「やめてッ」

悔しさのあまり、祐子の目に涙が浮かんできた。

「意外と根性がないんだな。勝負に負けたんだから、俺の稽古に付き合うのは当然だろう」

「いやよッ、こんなのは稽古なんかじゃあ……あぁッ……」

祐子の声は途中から喘《あえ》ぎ声に変わってしまった。竹原の中指がぬるりと肉襞の奥に滑り込んだのだ。

「これが俺の稽古なんですよ。厳しいですよ。最後までついてこれますかね」

ゆっくりと肉襞の中を擦りあげる竹原の指によって、祐子の理性が剝《は》がれ落ちていく。

「はあああ……」

祐子の呼吸がどんどん速くなっていき、凌辱されていることも忘れて、竹原の指のために両脚がどんどん大きく開いていった。

「こいつはすごいな。いやらしい液が次から次へと溢れてくるぞ。いったい、どうなってるんだ。もっとよく見せてもらおうかな」

「あぁぁ、だめ……。放してッ。もうやめて、お願いッ」

このままでは精神まで征服されてしまう。必死に腕を引き抜こうとするが、体がいうことをきかない。ずっと縛られているために血の通わない腕は、もう感覚すらなくなってきていた。

「あぁぁ……、はあぁぁ……」

執拗に出し入れされる指の感触に祐子は身悶え、竹原は中指を深く捩《ね》じ込んだまま親指でクリトリスを優しく転がし続けた。自分の体から溢れ出る蜜を塗りたくられ、ヌメヌメと転がされるクリトリスから伝わる快感に、祐子は完全に自分を見失っていった。ただ、体の中を駆けまわる快感だけがすべてだった。

「あぁぁッ、もうだめッ……うぅん……」

縛られた肢体を突っ張らせ、祐子は全身を硬直させた。そして、眉《まゆ》を八の字に寄せ、唇をきつく嚙《か》み、何かに耐えるかのように苦しそうな呻《うめ》き声を長く洩《も》らし、ぐったりと全身を弛緩《しかん》させた。

完全に正体をなくした祐子の様子を確認しながら竹原が指を引き抜くと、白濁した粘液が長く糸を曳いた。美しい顔を赤く火照《ほて》らせて、祐子は薄く開かれた唇から熱い吐息を絞り出していた。激しく擦りあげる竹原の指の愛撫で、祐子は一回目のオルガスムスを迎えたのだった。

*

「どうだい、気持ち良かっただろう」

竹原が問い掛けても祐子は何も答えなかった。無視しているというわけではない。

放心状態の祐子の耳には、なにも聞こえないのだ。

「ふ〜ん、返事もできねえか」

満足気に微笑《ほほえ》んで、ぐったりしている体の向きを変えさせ、竹原は祐子の腕を後ろ手に縛っていた縄をほどいた。

血の巡りを妨げられ、色を失った痛々しい祐子の手首の様子にも、竹原は憐《あわ》れみを掛けたりはしない。解放されたばかりの腕を、今度は折り曲げた脚の内側に縛り付ける。蛙《かえる》飛びの格好で固定され、祐子は仰向けに転がされた。

膝を深く曲げて、大きくひろげられた股間《こかん》には、ついさっきの絶頂の名残の蜜がぬらぬら光り、うっとりと目を閉じている祐子の美しい顔と、みっともない格好の対比が淫靡《いんび》な魅力を醸《かも》し出していた。

「おい、そろそろ正気を取り戻したらどうだ。意識がない女をいくら嬲《なぶ》っても、全然面白くないんだよ」

何か硬いものがピタピタと自分の頬を叩《たた》く気配に目を開けた祐子は、巨大な鉛色の肉棒を間近に見て息を飲んだ。そして、反射的に邪悪な屹立《きつりつ》から逃れようと身をくねらせて、ようやく自分の置かれた状況を思い出した。

「あんたは見掛けによらず感じやすいんだな」

下卑た笑顔で舐《な》めるように見る竹原の様子に、祐子は快感のあまり失神するという失態を演じてしまった自分を思い、このまま死んでしまいたいほどの猛烈な恥辱を感じた。

「さんざん楽しませてやったんだから、今度はあんたが俺を楽しませてくれよ。さあ、咥《くわ》えるんだ。好きなんだろ、これが」

竹原は肉棒に手を添えて祐子の唇を押し開こうと擦りつけ、女空手師範は淫《みだ》らな姿勢をとりながらも首を振って拒んだ。

「嚙み切ってやるからねッ」

そう言って睨《にら》みつけるものの、祐子の目にいつもの力強さはなかった。無防備な、みっともない格好をさせられているということもさることながら、すでに一度、凌《りょう》辱《じょく》者の手に落ちて快感に自分を喪失してしまったということが祐子の心をぐらつかせていた。

「いいから、いいから」

わずかに開いた唇を押し開いて竹原が強引に侵入した。

「うぐぐッ……」

息苦しさに噎《む》せ返りそうになりながらも、久しぶりにしゃぶる肉棒の感触に、祐子の体はよろこびに震えてしまう。そのことに戸惑いを隠せない。間髪入れずに竹原の指が再び祐子の膣腔《ちつこう》に滑り込んだ。とたんに、大きな肉欲のうねりが祐子を飲み込んでしまった。

「さあ、舌を使って舐めまわすんだ。この好き者の雌豚め」

嘲《あざけ》るように命令する竹原の言葉を聞いて、悔しさに涙が溢《あふ》れそうになりながらも、祐子の舌は自分の意思とは関係なく蠢《うごめ》き始める。口腔と膣穴を同時に掻《か》きまわされて、快感のあまり完全に崩壊した自我の下から、今まで考えてみたこともない淫《みだ》らな自分が姿を現わそうとしていることを祐子は感じた。

そんな、うっとりと目を閉じて上下の口で凌辱者の愛撫を味わう祐子の恍惚《こうこつ》とした表情を見て、おもむろに竹原が腰を引いて可愛らしい口から肉棒を奪い去った。

「あああッ……」

栓を抜かれた祐子の口からは、官能に震える声が一気に溢れ出た。乱暴に指で突き上げられるたびに、空手着のはだけた胸許《むなもと》で弾力のある乳房が揺れ、祐子の呼吸が徐々に速くなっていった。

「ああッ……あッ……あッ……」

今まさにオルガスムスに達しようとするそのときに、竹原はすっと指を引き抜いてしまった。粘ついた液が祐子の肉襞から糸を曳《ひ》く。もう少し、といったところでお預けを喰わされて、祐子は不自由な体をのたうたせた。

祐子の呼吸が落ち着いてきたころを見計らって、また指が挿入され、とろけた肉腔の中を掻きまわす。中断されていた快感はすぐに高まっていくが、竹原は巧みに、祐子の絶頂の手前で愛撫をやめてしまう。そんなことを、竹原は何度も繰り返した。

のぼりつめる寸前で焦らされ続け、祐子の意識は徐々に朦朧《もうろう》としていった。ただ下腹部のじれったい感じだけが、祐子の体を支配していくのだった。

「はああッ……ああッ」

「どうだ、このぶっといのを、オマ◯コの穴に入れて欲しいか？」

「そ、そんなこと……」

祐子はそれでもまだ、なんとか竹原の誘惑から顔を背けた。

「ふんッ。もう少し修行が必要なようだな。よし、それじゃあ今度は精神修養といくか」

不自然な姿勢のままぐったりと脱力している祐子は、自分の体が担《かつ》ぎ上げられるのを感じた。しかし、もう抵抗しようという気力も残っていない。

右手と右足、左手と左足、といった具合に縛られた祐子を、竹原は道場の隅の壁際《かべぎわ》に、股間が上を向くようにして寄りかからせた。祐子はもはや単なるモノに成り下がっていた。

自分の意思も何もない。モノとして扱われることは大きな屈辱だったが、それでいて、どこか心地良い状況だった。虚《うつ》ろな意識の中で祐子は、蔑《さげす》まれて、性の玩具《がんぐ》として乱暴に扱われるのが自分の本当の姿のような気がしてきていた。

上半身のはだけた空手着の胸元からは乳房がこぼれていて、上を向いて開かれた祐子の秘唇からは泉のように愛液が溢《あふ》れ出て窪《くぼ》みに溜《た》まってぬらぬら光っていた。今までストイックに空手の修行に励んできた道場で、こんなに恥ずかしい格好をしているということが、不思議と祐子の興奮をかき立てるのだった。

そして、祐子の股間を覗《のぞ》き込むように立っている竹原の手には、神棚から下ろした百目蠟燭《ひゃくめろうそく》が握られていた。

「何するの？」

祐子の瞳《ひとみ》に恐怖と期待の色が浮かんだ。

「心頭を滅却すれば火もまた涼し、って言うじゃねえか。その訓練だよ」

「やめてッ」

ライターで火をつけた蠟燭をかざされて、祐子は悲鳴をあげて逃れようとしたが、しっかりと体を拘束され、逆さまに壁に立て掛けられているという状況のために、どうすることもできなかった。

「はあぁッ……」

蠟の熱い滴《したた》りが、祐子の太腿《ふともも》の裏側を打った。予想以上の熱さに身を捩《よじ》った祐子の体に、縄がさらに深く食い込む。しかし、長時間にわたる性的な責めによって麻痺《まひ》してしまった祐子の肉体には、灼熱《しゃくねつ》の蠟の強すぎる刺激が適度な愛撫のように感じられるのだった。

突き刺さるような熱さに続いて、蠟が急激に冷えていき、乾いてパリパリになる瞬間の感覚が、今までに受けたことのない愛撫として祐子の興奮を高めていった。

「あぁッ……あああッ……」

際限なくこぼれ出る祐子の切ない喘ぎ声に、竹原は満足気にうなずいた。

「どうだ、気持ち良いだろう。あんたみたいに痛みに慣れてる奴《やつ》には、これぐらいの刺激じゃないと応《こた》えないんだよ」

竹原は祐子の剝《む》き出しの下半身に蠟を垂らしながら、灼熱の愛撫に恍惚《こうこつ》としている美しい顔を足の裏で撫でまわし、唇を押し開けて足指を突っ込んだ。

「うッ……」

竹原の足指を口に咥えたまま、祐子が体を硬直させた。熱くとろけた蠟が、祐子の一番敏感な部分を直撃したのだ。さすがにクリトリスの感覚はまだまだ鮮明で、熱い蠟の愛撫はあまりにも強烈すぎた。

「痛たたたッ」

竹原が悲鳴をあげて飛び退《の》いた。熱さのために力が入った祐子に足の指を嚙まれたのだ。

「馬鹿野郎《ばかやろう》、歯を立てやがってッ。これが本物の魔羅だったらどうするつもりなんだッ？」

「ごめんなさい……ああ……ただ……」

祐子は蠟にまみれた股間を剝き出しにしたまま、おろおろと弁解した。

「だめだ、許さねえ」

残酷な笑みを浮かべる竹原によって、蠟燭の炎が祐子の淫らに濡れた股間に、その炎の熱さが伝わってくるほど近付けられた。

「動くなよ。動くと、おまえの大事なオマ◯コが使い物にならなくなるぞ」

竹原の言葉に祐子の体が硬く緊張した。しかし、自分がひどいことをされていると いう被虐的《ひぎやくてき》な快感に、目を覚ましたばかりの祐子の中のマゾヒストの血が熱くたぎり始めていた。

「あぁッ……熱い……熱いぃぃ……」

炎が祐子の陰毛を焦《こ》がし、道場にいやな匂《にお》いが立ち籠《こ》める。

「じゃあ、こういうのはどうだ？」

竹原は祐子の秘肉を掻き分けるようにして、濡れた肉の華の中心に百目蠟燭を突き立てた。

「いやぁッ……」

祐子は身を捩って抵抗したが、充分に潤《うるお》っていた秘口は、太い蠟燭を簡単に飲み込んでしまった。

「いやらしい眺めだ」

かなり深く突き刺してから、竹原は少し離れて、祐子という人間燭台《しょくだい》の様子をしげしげと眺めた。地中に頭を突っ込んで美しい生殖器を咲かせている花のように、剝き出しの肉襞《にくひだ》を大きく開いた祐子の陰部に一本の炎が燃えている。恥ずかしそうに顔をしかめている祐子の顔と、純白の空手着の組み合わせは、想像を超えた美しさだった。

「はあぁぁ、やめて……。お願い、これを抜いて……」

祐子が力ない声で懇願《こんがん》したが、竹原は薄笑いを浮かべるだけだ。溶けた蠟が祐子の秘肉に流れ落ち、蠟燭を飲み込んだ部分を少しずつ埋めていった。

敏感な柔肉を焼かれ、あふれ出ようとする苦痛の悲鳴を祐子は嚙み殺した。恐怖と熱さと快感とで、祐子は気が狂ってしまいそうだった。

「おまえはまるで変態だな。そんな格好で、オマ◯コに蠟燭を突き刺されてよろこんでいるんだからな」

恥ずかしい格好で責められて苦痛を感じながらも、奇妙に内側にわきあがってくる快感。炎のせいだけではなく、体の内側が焼けるように熱く疼《うず》いていた。

流れ落ちた蠟に埋められた泉から、それを押し流すようにして溢れ出てくる蜜《みつ》。腟が勝手に収縮を繰り返し、炎がゆらゆらと揺れる。

溶けた蠟の強烈な刺激は、もう快感以外のなにものでもなかった。その快感にどっぷりと溺《おぼ》れてしまった祐子の口からは、素直な気持ちがこぼれ出た。

「……気持ちいい」

「そうか。やっと素直になったな。じゃあ、次はどうして欲しいんだ？」

「はあぁ……あれが欲しいぃ……ちょうだいぃ……」

「どうしようかな。でも、おまえにはまだ人間らしい心が残っている。俺のモノをぶち込んでやるのは、おまえが完全に肉奴隷《どれい》の存在に堕《お》ちてからだ」

「ああ……おねがいぃ……」

竹原の冷笑がさらに歪《ゆが》んだ。そして、戸口の方に向かって声をかけた。

「水野さん、もういいですよ」

竹原の呼びかけに顔を出したのは、水野幸次郎だった。縛られて、剝き出しの股間を上に向けて、人間燭台の状況に恍惚としている祐子の夫だ。

幸次郎の冷ややかな目を見て、祐子は一瞬、我に返った。しかし、どうすることもできなかった。手足を縄でしっかりと縛られていたし、道場の隅にはめ込まれるように逆さに立て掛けられた体は、祐子の意思では動かすことは不可能だった。

肉襞に突き立てられた蠟燭は、しっかりと深く挿入されていたために、抜け落ちることなく膣腔の収縮によってゆらゆらと揺れ続けている。

「いやッ……幸次郎さん、見ないで……」

祐子の懇願する声が道場の床を這《は》った。しかし、幸次郎は祐子の恥態から目を離さずに、冷たい笑みを顔に貼《は》り付けたまま、ゆっくりと自分の若妻に歩み寄った。

「いやらしい格好だな、祐子。きれいだよ」

竹原による性的な責めに朦朧となっていた祐子には、何がなんだかわからなかった。

流れ落ちる蠟は相変わらず祐子の性感を刺激し続け、混乱した思考をさらに混乱させていく。

「ああ……」

自分の夫である幸次郎の目の前にも拘《かか》わらず、淫らなポーズの祐子は口から洩《も》れるよろこびの声を抑えることはできなかった。それどころか、愛する幸次郎に見られているという恥ずかしさに、却《かえ》って興奮を掻き立てられるのだった。

「どうです、水野さん。祐子さんの悶《もだ》え方は？　ご推察の通り、彼女はやっぱり潜在的なマゾヒストでしたよ。それも、かなりのね」

得意気に断言する竹原に、幸次郎は嬉《うれ》しそうにうなずいてみせた。

「祐子、許しておくれ。これは全部、俺が仕組んだことだったんだ。おまえには秘密にしていたが、結婚する前から俺は自分の加虐嗜好《しこう》を持て余していたんだ。秘密のSM倶楽部《クラブ》にも所属している。できればおまえともSMプレイを楽しみたかったが言い出せなかった。しかし、事故でこんな体になってしまった今、おまえとできる愛の行為はSMだけだ。そこで調教師の竹原さんの手を煩《わずら》わさせてもらったというわけなんだ」

幸次郎の思いがけない告白に、蠟燭を突き刺した股間を晒《さら》したまま、祐子は呆然《ぼうぜん》と目を見開いた。しかし、一度燃え上がった肉体は、もう後戻りはできなかった。

「幸次郎さん……私……」

「ああ、さっきから、ずっと見させてもらっていたよ。竹原さんに苛《いじ》められてよろこんでいるおまえの姿はとても美しかった」

固まった蠟を払いのけて、幸次郎の指が祐子のクリトリスを転がすように愛撫《あいぶ》した。祐子は愛する夫の指の感触に、うっとりと目を閉じた。幸次郎の指が祐子のクリトリスに触れるのは、あの事故以降初めてだった。

転がされたクリトリスは、かわいそうなほど大きく勃起《ぼっき》していたが、ズボンの中の幸次郎の肉棒に変化は見られなかった。しかし、もっと奥深い部分に、幸次郎のよろこびは目を覚ましていたのだった。

「竹原さん、祐子は本当はこうされることを望んでいたんですよ。あなたとの勝負に負けたのもわざとです。おそらく無意識にだったのでしょうが、わざと突きのタイミングを遅らせて、竹原さんの反撃を呼び込んだのです。でなければ、いくら男相手だと言っても、祐子があんなに簡単に白帯に負けるとは思えない。祐子は竹原さんにいやらしい要求をされ、こうやって肉体をおもちゃにされることを望んでいたのです。それも私が至らないばかりに……」

神妙な顔で見つめる幸次郎の前で、祐子は両手両足をそれぞれ縛られ、淫らにひろげられた陰部に太い蠟燭を突き刺して大量の淫水《いんすい》を溢れさせ続けていた。

「祐子。おまえの本当の姿を見た思いだよ。俺たちは、本当に運命によって結ばれた仲だったんだな」

幸次郎は祐子の臀部《でんぶ》を優しく撫でまわし、不意にその中心部——肛門《こうもん》に指を突き立てた。

「ああッ……」

祐子の口から声が洩《も》れた。幸次郎が指で中を掻きまわすと、祐子は縄によって拘束された不自由な体を苦しそうに捩じった。

さっきまでの自分の恥態を幸次郎に見られていたというだけでもパニックになりそうなほどショックなことだった。なのに今、幸次郎は凌辱者である竹原の目の前で、祐子のアヌスを玩《もてあそ》んでいるのだ。

それは祐子には耐えがたい屈辱だったが、同時に大きな快感でもあった。

「ああ……幸次郎さん……いい……気持ちいいわぁ……」

祐子の反応に幸次郎は嬉しそうに微笑《ほほえ》んで、竹原に言った。

「竹原さん。入れてやってください」

「しかし、あとは水野さんが……」

幸次郎の頼みに、さすがに竹原も戸惑いの表情を浮かべた。

「どうなんだ、祐子？　入れて欲しいんだろ？　入れて欲しかったら、『入れてください』って竹原さんにお願いするんだ」

「……ああ……入れて……入れてください」

人間燭台と化して、完全に自我を喪失してしまった祐子は素直に懇願した。満足気な顔を向けた幸次郎に、竹原も今度はうなずいてみせ、祐子に歩み寄り、高まった情欲を表現しているかのように燃えている蠟燭を乱暴に抜き取った。

固まった蠟が一緒に剝《は》がれ落ち、あとにはヌメった穴がぽっかりと口を開いていた。

「祐子、素敵だよ」

優しく囁《ささや》く幸次郎に、祐子も微笑み返した。竹原が屈《かが》み込んで、祐子の腕と脚を縛り付けていた縄をほどいて体の向きを変えさせた。祐子が崩れ落ち、無造作に束ねていた髪がほどけて床にひろがった。

ゆっくりと顔をあげた祐子はすっかり淫《みだ》らな女の顔になっていた。そんな女空手師範をじっと見つめながら、竹原が鉛色に鈍く光る肉棒を自分の手で数回しごいてみせた。

指示を仰ぐように視線を向けた祐子に、幸次郎が言った。

「入れてもらう前に、きれいに舐《な》めて差し上げなさい」

よろよろと体を起こした祐子は、四つん這《ば》いになって犬のように竹原に歩み寄った。そして、床に両手をついたまま、ソフトクリームでも舐めるように竹原の肉棒に舌を這わせ、横目でチラッと幸次郎を見た。

幸次郎は黙ってうなずいた。祐子は上目使いに竹原を見上げて嬉しそうに微笑み、肉棒を喉《のど》の奥まで飲み込んだ。

「うぐ……」

手を使わずに、すぼめた口腔《こうこう》で絞り上げる。自分の淫らな振舞いに興奮し、祐子の肉穴からは、また愛液が滴り落ち始めた。

「さあ、ケツを振れ。亭主の前で、他の男のチ○ポをしゃぶりやがってッ」

激しく罵《ののし》りながら、幸次郎が松葉杖《づえ》で祐子の肉襞を押し開いた。

「ううッ……」

自分の夫の冷ややかな愛撫に、祐子は尻を振って応えた。黒帯で絞られた腰は細く、なだらかなカーブを描く双臀《そうでん》の丸みは男たちの加虐欲をそそる。

「よーし、いいだろう。そこに横になって、どこに入れて欲しいのか自分でひろげて見せてみろ」

祐子は凌辱《りょうじょく》者の言いなりだった。竹原に股間《こかん》を向けて横たわり、空手着の裾《すそ》をめくって、両手で肉襞を左右にひろげた。

「ああん……ここです……ここに入れてくださいぃ……」

次の瞬間、ぽっかりと口を開いた肉穴目指して竹原が襲いかかり、蠟燭など比べ物にならないほど巨大な肉棒が祐子を深く刺し貫いた。

「あああッ……」

蜜壺《みつつぼ》の奥を激しく突き上げられて、祐子は体をのけ反らせた。

「これからは、また俺たち、愛しあえるな」

幸次郎は嬉しそうに微笑みながら、喘《あえ》ぎ声を洩らし続ける祐子の唇に自分の足を押しつけた。

「ううッ……うぐぅ……うう……」

反射的に夫の足指をしゃぶり、膣《ちつ》奥を竹原に激しく突き上げられながら、祐子は新しい形の愛に体の中を満たされていくよろこびを感じていた。

蜜《みつ》のたくらみ

山崎マキコ

山崎マキコ（やまざき・まきこ）
福島県生れ。大学在学中にライターとしてデビューし、平成十四年に発表した処女小説『マリモ』で注目される。他の著書に『さよなら、スナフキン』『恋愛音痴』『ためらいもイエス』『声だけが耳に残る』『東京負け犬狂詩曲』などがある。

「あ……ああ――うんっ」

ちらちらと蛇のように舌を動かして、恭一《きょういち》の先端に触れると、恭一の体が大きくそり返った。わたしの体をかけぬけてきた男たちは、なんと愉快で淫靡《いんび》な楽しみを味わっていたのだろうと繭子《まゆこ》は思う。

この世ではじめての快楽を与える相手となる。

そのことに、繭子は夢中になっている。

恭一のものを手のうちで強く握り締める。恭一の食いしばった歯のあいだから、うめき声がもれる。若く、まだ大人になりきらない恭一の顔は、繭子自身の風貌《ふうぼう》とどこか似ている。細い鼻梁《びりょう》、けぶるような瞳《ひとみ》、違うのは、その薄い唇《くちびる》だけ。

十一歳下の従兄弟《いとこ》。それがいまの繭子の相手だ。

繭子はゆっくりと己《おのれ》の厚みのある唇をなめまわした。湿らせた唇で、恭一を包む。泣きそうな叫び声を恭一があげた。奇妙な味が口のなかに広がる。体のなかが熱くなった。おのれの体にはどこにも触れられていないのに、つきあげるような快楽がこみ上げてくる。

「繭子さん、好き」

切迫した声が部屋に響く。

確信する。この世でいま、いちばんの快楽を味わっているのは自分だと。自分は、もと行為のなかで、繭子はおのれ自身を自覚せずにはいられなかった。自分は、もともと、こちら側の人間だったのだと。追い詰めた獲物《えもの》を、狩る。欲情がつきあげてきた。繭子は沈めていた顔をあげると、ゆっくりと恭一に覆《おお》いかぶさっていった。

＊

憔悴《しょうすい》しきったように眠っている、若い従兄弟の顔をしげしげと吉備津《きびつ》繭子はみつめた。

繭子は恭一を六歳のころから知っている。北茨城《きたいばらき》の退屈な田舎町の結婚式。半ズボンをはいた恭一は花嫁に花束贈呈をする役目を任って、子どもながらに必死にその務めを果たそうとしていた。

綺麗《きれい》な子どもだな。

透《す》けるような肌の白さが、繭子の目を惹《ひ》いた。自分の従兄弟でなければ、ハーフだといわれても疑わなかっただろう。吉備津の家に特有の、すこしロシア系の風貌。繭子が十七歳、ちょうどいまの恭一と同じ年のときだ、あれは。

美しい蝶《ちょう》をおのれのものにしたい気持ちと同じだと、繭子は芯《しん》のほうが疲れた体を横たえながら思う。けだるい快楽の名残を抱えて、シーツのうえにたゆたう。二十八のこの年になるまで、これほどの楽しみを知らずにいた。どこかで、女は受身でいるべきだと信じていた。

信仰だ。あれは摩訶《まか》不思議な信仰だ。

それから、もっと情事をつまらなくしていた理由を、繭子は考える。

二股《ふたまた》どころか、一度に五人の男と付き合っていても退屈していた。男を振り回すのは少しばかり面白かったが、それだけだった。その理由がいまならわかる。あの男たちは、自我などという鬱陶《うっとう》しいものを抱えていた。それぞれが繭子に望んだ。

自分を、解《わか》って。

なんて面倒な生き物を相手にしていたのだろう。

肉欲に自我など、なんの用がある。猛々《たけだけ》しい肉食獣の血を自分のなかに感じる。

バリで男を買う女たちがいるという。

いつだか、同僚たちと食事に行ったら、そんな話題が出た。繭子のまわりにいる女たちは、雀《すずめ》の涙ほどの食い物を、ちまちまと惜しげに食う。あれが繭子は不思議でならない。繭子はいくらでも絶食していられる。まずいものを食うぐらいなら、腹をすかせていたほうがましだ。その分、うまいものを食べるときは、いくらでも食べる。

あのときも周囲が繭子の健啖《けんたん》に、おずおずとした賞賛を送ったものだ。

「そんなに食べたら、あたしだったら太っちゃう。吉備津さんって、よく食べるのに太らないのね」

だって美味《おい》しいじゃないの、このスペアリブ。脂《あぶら》のついた指を舐《な》めながらいったら、みんながその指元をじっと見つめた。

食べたければ、食べればいいのに。馬鹿《ばか》みたい。

やがて話題がバリで男を買う女たちの話題になったのだ。どんなブスが買うんだろう、それで恋愛だと思ってるのかしら。利用されてるだけなのにわからないのかな。口を極めて罵《ののし》る女たちを、繭子はなんだか滑稽《こっけい》なものを見るような気分で観察していた。好意の対義語は嫌悪《けんお》ではない。無関心だ。この女たちはいつまでこの話を続けるつもりだろう。

発展途上国の男には、繭子は別段興味はない。けれど、日本の少年の未熟な肉体を思いのままもてあそんで、金で処理できるなら悪くない。相手の自我などこれっぽっちも歯牙《しが》にかけず、肉欲だけに溺《おぼ》れる。その女たちは、そういう機会に恵まれないからバリくんだりまで行くのだろう。人間が競《せ》りにかけられて、落札できたら面白いのに——。けれど、いまはそれに近い存在を持っている。好きなように扱える性的玩具《がんぐ》。壊れたら捨てられる玩具。それをいま、手にしている。

自分の好きなときにだけ使って、相手の気持ちなど微塵《みじん》も考えずに捨てる。他の女たちが欲して手に入れられないものはそれだ。若くて、自我がないほど、玩具にはふさわしい。

明け方が近づいていた。

あと数時間もすれば、また日常が始まる。通勤電車に乗って、ルーチンワークをこなすだけのくだらない日々——。

面倒だ。ただ、ひたすら、面倒である。

繭子はゴルフ場を経営する父親から十分な仕送りを受けていた。別段、働かなくても生きていける。とはいえ、繭子はいまの職場を辞めるつもりはさらさらない。松芝電気という一流企業に勤めているという自分のいまが気に入っている。おまけに、あと二週間は、繭子には秘密の楽しみもあるのだ。

結局——自分が愛しているのは、この自分だけなのではという気がする。

その証拠に、自分と似た顔の恭一の顔が快楽に歪《ゆが》むのを見ると、重なったおのれ自身の姿の方に総毛立つ。

裸のままカーテンをあけて、繭子は窓際《まどぎわ》にたった。空いた幹線道路はまだ暗く、街灯をともしている。繭子は煙草《たばこ》に手を伸ばした。かちり、と火をつけた。メンソールの味が口のなかに広がる。

(僕も、東京に行ってみたい)

あれは三ヶ月前の叔父の葬儀の席だった。田舎の高校生である恭一は、いまどき珍しく詰襟の制服を身につけていた。それがかえって、繭子には好ましく映った。若い肉体を包む禁欲的な制服。問われるままに恭一は、県立の学校が男子校であることを語った。東北や北関東のほうではめずらしくないらしい。直感でわかった。この子はまだ、異性を知らない。

ゆっくりと罠《わな》をしかけるように、繭子は焼き場で恭一に話した。

(恭一君が来たら、そうね、ダーツバーに案内しちゃおうかしら)

少しだけ不安げに恭一が尋ねた。

(ダーツバーってなにするところ?)

(ダーツするとこ。ダーツ知らない? あ、大丈夫、お酒は飲まなくてもいいのよ。ソフトドリンクもあるから)

子どもらしい意地を見せて、恭一はほおを紅潮させた。

(僕、お酒ぐらい平気だよ)

(そうよね、吉備津の血が流れているんだもの。飲めないとおかしい。もう十七だもの、おとなよね。飲めるわよねえ)

すこし意地悪く、繭子はおとな、を強調した。恭一がさらに意地になるのが繭子にはわかった。

(飲めるよ。ときどき、父さんのキャビネットからウィスキーをもらって飲んでるんだ)

(あら、強いのね。やっぱり吉備津の血だわ。じゃあ——恭一君が東京にきたら、夜のデートにも、付き合ってもらっちゃおうかな)

誘うように繭子は恭一に寄り添った。大丈夫だ、だれも見ていない。

(青山とか、銀座とかいっしょに歩くのよ。できる?)

(できるさ!)

(でも、一日で帰っちゃうようじゃあ、つまらないわ)

繭子は足を組み替えて、喪服のすそから自慢の足を恭一にたっぷりと見せた。どらん、ほら、蜜《みつ》がここにある。

繭子は喪服が好きだ。控え目な服装が、かえって若い自分の肉体を魅力的にみせるのを知っている。繭子は喪服にはこだわっていた。黒いシルクの喪服は高価なブランド物である。悲しみをあらわす黒いベールの隙間《すきま》からのぞく自分の瞳の効果も承知している。

(そりゃ、しばらく東京にいたいけど……)

(いればいいじゃないの)

繭子は恭一に知恵をつけた。

(すこしは東京の空気に慣れておかないと、受験のときにあがるわよ。予備校の夏期講習に申し込めば? 東京でウィークリーマンションを借りて。地方から大学を受験してた男の子たちで成績のよかった子は、みんなそんなふうにしたことがあるっていってたわ)

叔母である恭一の母親が、恭一の教育に熱心なのを、繭子は重々承知している。恭一の気持ちが揺れ動いたのがわかった。そう、あと一歩。

(ね、メールのアドレスを交換しよ。携帯、持ってるんでしょ？)

(あるよ)

(東京に来ても、勉強ばかりしてちゃ駄目。だって東京の雰囲気になれるのが大事なんだもの。わたしがいろいろ案内してあげる。東京の子なら、高校のうちから夜遊びになれてるものよ。ね、計画をたてよ？　夏休み、どう過ごすのか)

少し市街地から出れば田んぼばかりが広がる田舎で暮らす恭一にとって、それがいかに魅力的に響くか、繭子は十分承知していた。おそらく恭一は、かならず自分の手元にやってくる。

この美しい子どもは、わたしのものだ。

すべては思い通りだった。青山の店で雰囲気にのまれ、したたかに酔った恭一を部屋に連れ込んだ。恭一は、ドアのまえで一瞬立ち止まった。

(繭子さん。僕、その……女の人の部屋に、入っちゃいけないんじゃないかな。僕たち、従兄弟同士だけど)

藺子は馬鹿にしたように笑った。

(あら、入ったことないの？　もう高校生なのに)

恭一が動揺するのがわかった。

(あるわよねえ、まさか吉備津の男が——高校生にもなって、女の部屋に入ったこともないなんて)

(あ、あるよ！)

(そうよね、当然よね。だったら……なにを迷っているの。入りなさいよ)

間接照明の部屋で、藺子はベッドに座った。

藺子は職場に隙のない服装でいくのを好んだ。最近はカジュアルな服装も許される風潮があるが、そんなのはつまらない。今日の服装は、体のラインを強調するけど裾《すそ》がアシンメトリーな流行のスカートに上質の白のシャツ、ウェストを強調するベルトをかちりと締め、二連の黒のバロックの真珠のネックレスを胸元にのぞかせる。ジャケットは外《はず》せない。禁欲的な外見からは程遠い欲望が自分のなかに渦巻いているのを感じる。

首をかしげ、髪をかきわけ襟足《えりあし》を恭一にみせた。

(ねえ、外して。このネックレス)

恭一が魅せられたように、繭子にいわれるがまま、震える指でネックレスを外しにかかった。繭子は泰然と笑った。小動物みたい――わたしの思いのままになる。

(はい、これ――外れたよ)

(それで、おしまい？　違うでしょう？　ほかにも……外さなくちゃいけないもの、たくさんあるじゃないの。なにをためらっているの？)

繭子は立ち上がると、代わりに恭一をベッドにむかって突き飛ばした。覆いかぶさって、その甘い唇を吸う。

(震えている……どうして？)

耳たぶを甘噛《あまが》みしながら尋ねる。恭一の怯《おび》えが伝わってくるほど、戦慄《せんりつ》する。支配欲と肉欲はどうしてこうも互いを高めあうのか。さあ、堕《お》ちてしまえ――。この蜂蜜《はちみつ》色《いろ》の肌のまえに。

恭一の左手を自分の胸元に滑《すべ》り込ませた。柔らかな肉に触れたとたん、恭一の指がびくりとするのが伝わってくる。恭一の喉《のど》が鳴る。

(あ――僕……繭子さん)

服の上から、恭一の敏感な部分にそっと触れた。そっとささやく。

(いけないわねえ……ちゃんと教わったことがないんじゃない？　吉備津の男として

恥だわ。いいわ、これからはわたしの教える通りにすること。わかった？）

恭一は魔法にかかったようにうなずいた。

（さあ、そっと触って。最初は、ゆっくり、そっとよ）

恭一の手を取り、ストッキングの上から一番秘められた部分に導いた。

（見てみたい？）

無言のまま、恭一がうなずく。

（そうねえ……どうしようかな。ちゃんと言ったことができるようだったら、見せてあげるんだけど）

恭一が意を決したようにきっぱりと言った。

（するよ、僕——繭子さんの言うとおりに。でも……）

（なあに？）

（……笑わない？）

（笑わないから、言ってご覧なさいよ）

（本当はぼく、はじめてなんだ。その……中学のときに、キスはしたことあるんだけど。いましたみたいのじゃなくてその……）

繭子は肩をすくめてみせた。

（あらそれじゃあ、ますます教えなくちゃいけないことがあるわ、たくさん、たくさん。だれにも恥じない、吉備津の男になるために。服を、脱がせて――そうよ、そう）

あらわになった肢体《したい》を恭一にむかって誇示しながら、繭子は命じた。

（いいというまで、ここを、こうして）

自分の手で柔らかな肉塊を揉《も》みしだいてみせた。

（そっと、そっとよ――そう。いいわ、もう少し力を加えて。ううん、違う。強すぎる。最初はもっと、やわらかく。――そう、上手ね。いいわ。だんだんと、強くよ）

目を閉じて恭一の荒い呼吸を耳にしながら、繭子は奉仕を受け続けた。恭一の手が他の場所へ伸びようとした瞬間、繭子は犬を調教するように強く叱責《しっせき》した。

（駄目！　まだいいとはいっていないはずよ？　それでも吉備津の男なの？）

支配権は、繭子の手のなかにあった。

おまえはわたしの玩具。これから、仕込んであげる――わたしに一番合うように。

繭子は自分が飽きるまで恭一に奉仕させ続けた。それからゆるゆると足を広げた。

（さあ、今度は――ここに舌を這《は》わせなさい）

繭子は恭一の頭を抱え込んだ。

わたしに奉仕せよ。わたしの犬よ、忠実な、犬よ。

そうしたら、わたしはおまえを可愛《かわい》がるだろう。

＊

繭子は出社前の身仕度を整えていた。

「ねえ、今日は何時に帰って来るの？」

「そうね。残業次第かな。外で食事でもする？」

恭一は裸のまま、繭子の首にしがみついた。

「どこにも行きたくないよ。ずっと、こうしていたい。――ねえ」

「なあに」

「いかないで」

絡《から》み付いてくる恭一の腕を振り払った。

「わがまま、いわないの」

「つまんない」

「勉強に、きたんでしょ？」

意地悪く、繭子はいう。恭一がその言葉に不安になるのを重々承知していて。

「そうだけど……。こうしていたほうが、気持ちいいじゃない」

恭一は繭子に後ろから抱き付いて、ブラウスのボタンを外し、そっと胸に手を這わせた。柔らかな快楽が触れられた部分から広がる。首筋にかかる熱い息。

たいして本気で働いているわけではない。恭一がくるまではしょっちゅうつまらない理由で有給をとっていた。気がのらない。なんだか疲れた。そういうことが許されるだけの体力のある企業だ。

けれど繭子は恭一の腕を振り払った。

「おとなはそうはいかないの」

恭一が落胆するのが心地いい。わたしに餓《う》えろ。

餓えろ、もっと餓えろ。

「合鍵《あいかぎ》、持っているわよね」

繭子は衣類の乱れを正すと、突き放すように事務的な口調で恭一にいった。

「じゃあね」

ヒールに足を通し、ドアの隙間から恭一に微笑《ほほえみ》を送った。落胆したような恭一の目が、繭子に暗い喜びを与える。

週末は車を借りて、恭一を連れて郊外に行こう。

親戚《しんせき》とはいえ、繭子の家と恭一の家では経済力がだいぶ違った。恭一の知らぬ贅沢《ぜいたく》を教えるのも、繭子の快楽だ。海からそう遠くない森のなかに隠れ家のように建ったリゾートホテル。各ヴィラについている専用のプライベートプールで泳ぐ恭一の若い肢体を思う存分眺めて楽しもう。どういう理由でかは知らないが、繭子は人里離れた森のなかに行くと、いつもより快楽が深くなる。

会社で繭子は、ホテルの専用サイトを開いた。さまざまなタイプの部屋を閲覧しているうちに、天蓋《てんがい》のついたベッドが繭子の目に留まった。予約がとれるかあわてて調べた。幸い、他の部屋より宿泊代の高いこの部屋は空いていた。ゆっくりと予約ボタンをクリックする。

細い紐《ひも》を使って、恭一をこのベッドに縛《しば》りつけよう。

美しい蝶を標本箱にピンで止めるように、恭一をこの部屋に閉じ込めたい。

キーボードの音が響くフロアのなかで、繭子は痺《しび》れるような快楽を予感して、かるく震えた。

*

週末の旅行を告げたとき、恭一はむしろ不満げだった。この部屋でずっと繭子と抱き合っていたいのだ。その気持ちは繭子にはわかっている。

「部屋にばかりいても、しかたがないでしょう？　それじゃ、つまらないわ」

つまらないといわれて恭一が悲しげな表情になるのが、繭子には愉快でならない。

この子は、わたしのものだ。

繭子は確信を深くする。相手を支配している力の感覚、ほの暗い悦《よろこ》び。

けれどいざ週末がやってきて、車の助手席に座ると、恭一は目を輝かせた。繭子は以前つきあっていた妻子持ちの男から、ＢＭＷのオープンカーを借りてきた。

あの男も、つまらなかった。

行為のあいだじゅう、「いいかい、いいかい？」と繭子に尋ねるのがうっとうしくてならなかった。唯一《ゆいいつ》気に入っていたのがこのＢＭＷだ。繭子は別れるとき、少し男を脅しておいた。家庭を壊してやろうかな。そんな言葉を匂《にお》わせておいた。べつに本気でそう思っていたわけではない。三十路《みそじ》も半ばを過ぎて、金はあっても髪が貧相になってきた男など、繭子にはどうでもいいのだ。ただ、オープンカーのＢＭＷを気がむいたときに使いたかっただけだ。車を買ってもいいが、繭子が満足するだけのランクの車を父親にねだれば、さすがに父親も渋い顔をするだろう。それに、レンタカーの手続きをするときの所帯じみた雰囲気は嫌いだ。

藺子が男に連絡をとると、男は恨みがましい目で藺子に鍵を渡した。頼むから事故だけは起こさないでくれよ。捨《す》て台詞《ぜりふ》のようにいわれた。黙ってあんたはこの車のメンテナンスをしてればいいのよ。内心思って鍵を受け取った。

「いいな、僕もはやく車の免許をとりたい」

「運転させてあげようか。公道じゃなければ大丈夫よ?」

「ほんと?」

「うん。これから行くホテルの近くに私道があるから。ハンドルを握らせてあげる」

シャネルのサングラスをかけると、藺子は荒っぽく車を発進させた。藺子の運転は激しい。急発進させて、急停車させる。同乗者によく「酔う」と文句をいわれる運転だったが、若い恭一はそのスピード感を喜んだ。高速に入ると、藺子は時速130㎞近い速度でBMWを疾走させた。もっと早く、もっと深く――。少しばかり自分は、人より欲張りなのだろう。だが、それは人生を楽しむうえにおいて、悪いことではない。みんな、自分よりただ臆病《おくびょう》なだけだ。

新しく買い与えた服は恭一によく似合っていた。黒のジップアップのマオカラーのアウター。少しだけ、詰襟の制服をおもわせるデザイン。藺子はナチの制服が好きだ。

禁欲的だから。同じ理由で、詰襟も嫌いではない。

ホテルの入り口で、恭一にサングラスをさせた。それは恭一を少しだけ年齢より大人に見せた。政界や芸能界の人間がお忍びで使うこのホテルにはあまり用心は必要ないようには思ったが、万が一の面倒な思いを避けた。不快なことは、なにひとつとして味わいたくない。

ロビーに入ると、柔らかな香の匂いが漂ってきた。気が利《き》いている。

自然の心地よさを計算しつくして演出した広大な庭を眺めながら、石作りの回廊を通って、木漏《こも》れ日が揺らぐ庭園のなかに隠されたようなヴィラに入る。門扉《もんぴ》から荷物を運んできたボーイが出て行くと、わあっと恭一は叫んで大理石の床をテラスまで走った。

「小さなプールがある!」

「好きなだけ泳いでいいわよ。わたしたち以外、使わないんだから」

「そうなの?」

驚いたように恭一は目を見張った。その反応は繭子を喜ばせた。繭子はバリ風の調度の椅子《いす》に腰を下ろすと、煙草《たばこ》に火をつけた。

「ねえ、繭子さん」

「なあに」

「……はだかでさ、泳いでみようか」

繭子は微笑んだ。

「少し疲れたから、ここで見ている」

世界は快楽に満ちていた。繭子は深い満足のため息をついた。

「いいというまで、やめてはだめよ？」

繭子は恭一に覆いかぶさって、豊かな胸を揉みしだかせていた。恭一の息が荒くなる。汗ばんだ首筋をそっとなでる。恭一がびくりと体を震わせた。

「まだ？」

恭一に目隠しをしてみた。ちょっとした遊びだ。

「まだ」

冷たく言い放つと、恭一は従順に命令を実行しつづけた。

やがて快楽が満ちてきたころ、恭一の手足に結んだ紐を、繭子は四方の柱にくくりつけていった。美しい獲物《えもの》。わたしだけの。

恭一はもう十分に反応している。

「——見たい」

「だめ」

繭子は一気に恭一を体内に引き込んだ。

声を殺すことができずに、恭一はすすり泣くような快楽の声をあげた。

「ああっ、あっ、いい——繭子さん、好き。あ、もっと、あ——ああ」

恭一の声が繭子を高ぶらせた。もっと深く、もっと激しく——。

「ああ、だめだよ、僕、だめ——あっ、だめ、ううん、やめないで」

恭一が混乱して激しくかぶりを振る。重たい胸を恭一に押し付け、耳元でささやく。

「どっち?」

恭一は卑怯《ひきょう》なほど愛らしかった。終わらせまいという気持ちと、狂ったように激しく責め立ててやりたい気持ちとが相半ばする。残酷に相手をむさぼりつくしてしまいたい欲望がこみ上げ、繭子は有無もいわさず恭一をさいなんだ。

刹那《せつな》の叫び声をあげて、恭一が果てた。

繭子は恭一の右手だけ解放すると、自分へと導いた。

「ちゃんとできたら、もっといいことをしてあげる」

恭一の指先が滑り込んできて、小刻みに震える。

「そう――そうよ」

これまで幾多と重ねてきた行為と、恭一とのそれはまったく違った。

恭一は繭子が自分の快楽を最大限に引き出すためにカスタマイズした高性能な機械のようなものだ。これを使って、繭子はおのれを快感の極みへと導く。

プライベートプールでさっきまで泳いでいた恭一の、無駄のない肢体を存分に眺める。これまで繭子を通り抜けてきた肉体には美しさがなかった、と、繭子は思う。自分に似た恭一の体を愛《め》でるのは、まるで男になった自分を自分で苛《さいな》んでいるような、二重の快楽があった。

快楽の極みの直前で、繭子は体を引いた。

もう一度、恭一が欲しい。

果てた体を幾度も重ねるよりも、一度の深い快楽を繭子は重んじるタイプだった。冷たい大理石の床をはだしで歩いて、ポーチからふたつの道具を取り出した。赤い首輪。もうひとつは、湿った秘密の場所に刺し入れる道具だ。この楔《くさび》を打ち込んだときに、恭一はどんな反応を見せるだろう。

恭一の喉《のど》に、赤い首輪をはめた。繭子の所有の証《しるし》だ。目の見えない恭一が、それを手で確かめる。

「これは、なに？」

「なんだろうね」

綺麗《きれい》だ。わたしの獲物は、本当に美しい。

ゆっくりと恭一の胸の先端を、舌で這った。その唇で、楕円《だえん》形の小さな器具を包んだ。アーモンドチョコのような大きさのそれをしばらく舌の上で転がして、取り出した。

足の紐をほどいて、恭一がいちばん恥ずかしがる姿勢をとらせた。

たまらなかったのだろう、恭一は空《あ》いた手で目隠しをとった。

「――なにを、するの。繭子さん」

「力を抜いて。――息を吐いて、そう」

抵抗なく、するりと器具は恭一の体に滑り込んでいった。

「あっ！」

恭一が叫び声をあげる。

「――どうして、どうしてこんな……」

「どう？」

「変な、感じ。ねえ、変だよ、これ」

肩で息をする恭一の唇を塞《ふさ》ぐ。手を伸ばして触れると、恭一は反応していた。その体に、藺子はまたがった。深く迎え入れる。

「んっ、お願い、ねえ……許して。僕、おかしくなっちゃう。あ——あああ、藺子さん、藺子さん——好き、愛してる。許して、もう、許して——ああ」

恭一の哀願が藺子の情動を突き動かした。

あやしく腰を動かし、藺子は快楽をむさぼった。知らず、藺子は声を漏《も》らしていた。

「あ……ああ——あああ、ああ」

恭一もきつく眉《まゆ》をしかめ、耐え切れぬように藺子の腰を掴《つか》んで下から藺子を突き上げた。こらえていた極みが藺子に訪れた。意識が、白濁した。

幾度かの交わりのあと、泥のように眠りについた。

先に目覚めたのは、藺子だった。

木製のキャビネットのなかに隠された、白い冷蔵庫から藺子はビールを取り出して飲み干した。しばらく煙草をふかす。テラスに出て、裸のままプライベートプールに体を浸してみた。熱い快楽の余韻がくすぶった体の力を、あおむけのまま抜いた。海水の引き込まれたプールだ。力を抜くと、ぷかりと体が浮き上がった。

水の上を漂う。

午前三時の月が、森のこずえの上にかかっている。

猛禽類《もうきん》が満腹したときはこんな気分だろうか、と繭子は思う。

生温かい内臓をむさぼる快楽——。野生だけに許された喜びを、繭子は堪能《たんのう》している。

小さなプールのなかで、繭子は魚のように身を翻《ひるがえ》した。

＊

東京での日々は過ぎていった。地元に帰る日が近づくほど、恭一は無口になることが多くなった。ときおり、乱暴に繭子にしがみついてくる。うっとうしい——と、どこか遠くで、繭子は感じる。

支配欲を存分に発揮したあとの傲慢《ごうまん》な心地よさが繭子を満たしていた。

すがりつかれるのは、趣味ではない。

どうやってこの玩具《がんぐ》を捨てようかと、繭子は考えていた。

その夜、その男の誘いを断らなかったのは、ささやかないたずら心だった。

恭一が繭子のマンションに入りびたりになるようになってから、繭子は男たちからの誘いを断ってきた。けれど、繭子は残忍な心の奥で、部屋にひとり放置される恭一の胸のうちを想像して楽しんでみたかったのだ。

携帯の電源を切るまでもなく、地下のバーには電波が届かなかった。ワインを傾けながら新鮮な牛肉のカルパッチョに舌鼓《したつづみ》をうった。カルパッチョもまた、繭子の好きな料理のひとつだった。生の、賞味期限がひどく短い食べ物。恭一といっしょだ。

男は繭子よりふたつ年下の、デザイン本部の人間だった。デザイン本部の入った総合研究所は同じ都内でも電車で四十分ほどかかる郊外といってもいい場所にある。総合研究所の男たちは丸の内で働く松芝の本社の女たちに奇妙な憧《あこが》れを抱いていた。すこし気のあるそぶりをすれば、男たちはすぐなびいてくる。デザイン本部で働くインハウスデザイナーたちは、本社の男たちと違って自由な服装が許されていた。男もデザイナーらしく、金はかかっているけどあくまでラフな服装だった。それが男を年よりも若くみせていた。そこが多少の気に入りの理由だ。とはいえ、本当の興味があるわけでない。男は、育ちすぎている。どうせ長く付き合えば、またアレが待っている。

――自分を理解してくれ。

店を出たあと、繁華街のはずれで、繭子は男と長い接吻《せっぷん》を交わした。男は次の目的についてあれこれ考えをめぐらせているだろう。無論、繭子の目的はそこにはない。

藺子は白いシャツのボタンを外し、襟を開いて、男に自分の胸元を見せ付けた。

「ねえ、ここにキスして。強く」

男が真剣な目線になるのがわかった。欲望がたぎっている。男と交わる気はまるでない。けど、こんな目で見られるのは、嫌いじゃない。身のうちに力の感覚がみなぎるからだ。

「――もっと、強く」

「痕《あと》がついちゃうよ」

「いいから、強く」

藺子が命じると、男はいわれるがままになった。赤い内出血のあとが、胸元に残された。藺子はさっと襟を閉じた。目的はこれだけだったのだ。情事を匂わせる傷痕。

藺子の手を取って、男は無言で歩き出した。方角はホテル街だ。藺子は男の腕を振り払った。

「用事を思い出した。またね」

男はあわてて藺子の手をつかもうとしたが、ひらりと身をかわして藺子は男から逃れた。呆然《ぼうぜん》と立ち尽くす男にむかって、軽く微笑を送った。

美味《おい》しいものしか、食べたくない。

タクシーをひろってシートに身を埋め、藺子は思った。

乱暴に床に押さえつけられた。堅い床が背骨にあたって痛みをおぼえる。

藺子が大事にしていたブラウスのボタンははじけ飛んだ。傷痕のついた胸をわしづかみにされる。

藺子は軽く抵抗のそぶりをみせた。頬が鳴った。これもまた、計算通りだ。

おのれの欲望にいちばん適するように、恭一を飼育してきた。今日は自分が作り上げた玩具に、荒々しく踏みにじられてみたい。それはどんな味わいだろう。

恭一は乱暴に下着だけ剝《は》ぎ取ると、無理やり押し入ってきた。藺子は意識の遠くで自分の叫び声を聞いた。

犯されようとしているのは藺子なのに、泣きそうになっているのは恭一だった。もがいている藺子におかまいなく、恭一は藺子を幾度も貫く。恭一は堅く目を閉じて苦《く》悶《もん》の表情を浮かべた。それを目にしたとたん、ふいに、痛みしかおぼえていなかった箇所の抵抗が減ったのがわかった。痛みは快感に変った。わしづかみにされた胸から刺し貫かれた部分にかけて、電流のようになにかが走った。

「ああ……あああ、あっ、あ——あ！」

溺《おぼ》れる人のように、繭子は恭一にしがみついた。

ふたりで同時に果てた。

興奮の嵐が過ぎ去った恭一の体のしたから這《は》い出た。体を起こすと、恭一の快楽の名残がゆっくりと繭子のふとももを伝った。繭子はそれが愉快だった。そういえば、ずっと男たちに禁じてきたのだ、自分に注ぎ込むことを。

そのとき、繭子にひとつの予感がうまれた。それは、繭子の、もっとも内側の、ほの暗いところから生まれてくる、夢の結晶。

繭子は歌うようにいった。

「わたし、受胎するような気がする。ねえ、子どもができたら、きっとわたしたちにそっくりよ。――吉備津の血を誰よりも濃く受け継いだ子どもができる。そうよ、とても美しい子が生まれてくるに違いないわ」

恭一は無言だった。力なく床に座っていた。背後から繭子は恭一にそっと腕をまわし、抱きしめた。

＊

繭子が手紙を受け取ったのは秋だった。

無造作に封を開くと、そこにはたった一行、こう書かれていた。

「毎夜、あなたのことを思い出しています」

だいぶ省略された手紙から、繭子は恭一のいまを察した。


思い出せ、思い出せ。毎夜思い出しては悶《もだ》え苦しめ。

生涯、胸にしまい続ける秘密を抱えて、長い夜を悶え苦しめ。


しばし余韻に浸ったあと、手紙を破り捨てた。捨てた玩具のことはもう興味がない。

そう、いまはもう——。果実は新鮮で、未熟なほうがいい。

もっと深い秘密を作る胚芽《はいが》が、いま、繭子のうちで育ちつつある。

だれにも知られずに、子を産み落とす。繭子はそれを考えると、愉快でたまらなくなる。もっとも無垢《むく》で、もっとも繭子の思い通りになる胚芽——。

繭子はまだ膨らんでいない腹をなでながら、陶然とした。

この子はわたし以外の人間を知らないように育てよう。部屋のなかに閉じ込め、一歩も外に出さず、空の青さすら知らない子ども。生殺与奪権を天から献上された存在。性で支配するよりも濃く、深く——飼育する。どうしていままで思いつかなかったのか。

「美しい子どもが生まれるわ、きっと」

繭子は微笑《ほほえ》んだ。

劣情ブルース

睦月影郎

睦月影郎（むつき・かげろう）
神奈川県生れ。高校在学中から漫画の投稿をはじめ、二十三歳の時に作家デビュー。多彩な作風で知られる官能小説界の第一人者。作品数は二百を超える。著書に『秘め色吐息』『美人秘書の蜜肌』『保育園の誘惑』官能時代小説「かがり淫法帖」シリーズなどがある。

1

（おれは、これから一体どうなるんだろう……）

茂郎《しげろう》は万年筆を置き、タバコに火をつけた。タバコは、ハイライトより安いわかばに替えたばかりだった。

テレビもなく寂しいのでラジオがつけっぱなしになっており、ジュディ・オングの『魅せられて』が流れていたが、華やかなその曲も今はやけにもの悲しく聞こえていた。

この四畳半で暮らすようになって半月、かつての仲間だった学生たちは夏休みに入って好き勝手に過ごしているのだろう。

葛木《くずき》茂郎は二十三歳。二浪して入った大学を辞め、この春から湘南《しょうなん》の地元でレコード工場に就職したりしていたのだが、やはり肌に合わず、数ヶ月で退職して、七月にこの中野区大和町のアパートに出てきたばかりだった。住所は中野区だが、最寄《もよ》りの駅は高円寺である。

大学や会社を辞めてしまったのは、以前からの夢である小説家になるためだった。それなら湘南の親元に暮らしながらでも良いのだろうが、始終両親の小言を聞かされるのは辛《つら》く、それに自由が欲しかった。持ち込みに行くにも都内の方が便利だというのは口実で、実際は昼まで寝ていようが誰にも文句を言われず、気ままに暮らせると思ったのだ。

結局、大学や会社に行くのが面倒だっただけの怠け者なのである。

しかし作家志望といっても、まだ彼は原稿用紙四十枚ほどの短編しか書いたことがなかった。書くのが好きで堪《たま》らぬ、というよりも満員電車の通勤もなく、好きなだけ寝ていられる生活がしたいという不純な動機で作家になりたいだけなのだった。

もちろん雑誌投稿用の作品は書いているが、まだ一向に芽が出ず、彼は週に三日間だけ近所の早稲田《わせだ》通り沿いの弁当屋でバイトをしていた。

ビニ本屋がつぶれて出来たばかりの弁当屋は、時給五百円。朝十時から夕方六時まで働くが、週三日なので月収は五万円前後。アパートの家賃が二万四千円だから、食費は月に一万円以内と決めていた。昭和五十四年、時給五百円はかなり良い方であった。

とにかく、茂郎にとっては生まれて初めての一人暮らしで、最初は希望に満ち溢《あふ》れていた。四畳半一間に小さなコンロと流し、他は洋式の水洗トイレがあるきりで、風《ふ》呂《ろ》はない。近所に銭湯とコインランドリーはあるが、入浴も洗濯も、まだこの半月に一度しかしていなかった。部屋は万年床と座卓が一つ、僅《わず》かな本と自炊用の台所用品に、小さな冷蔵庫があるだけだった。

ラジオから流れる曲が、久保田早紀《さき》の『異邦人』に変わった。

(やっぱり、才能がないのかなあ……)

茂郎はタバコを灰皿に押しつけながら思った。

せっかく上京してきたというのに、まだ持ち込みに行くどころか作品ひとつ満足に完成していないのである。書きたい気持ちばかりが逸《はや》って、一向にストーリーが浮かばず筆が進まないのだ。

彼の好きなジャンルは、アクションや時代物、あるいは青春小説のような、読んでスカッとするものなのだ。何しろ中学時代から富田常雄を読み耽《ふけ》り、以来痛快娯楽には目がなかった。だが性格が暗いのか、爽《さわ》やかな物語はなかなか書けなかったのである。

上京してきた時の希望は半月にして早くも薄れ、いっそ負け犬のようにさっさと帰郷し、職を見つけようかとも思っていた。

充実するのは日に二回のオナニーだけで、まるで心おきなく射精するためだけに一人暮らしをはじめたようなものだった。湘南の実家は安普請《やすぶしん》で、二階の自室でオナニーすると床が揺れ、階下にいる両親に気づかれてしまう。まあ、ここも古い造りのアパートだが、近くを環七が通っているので元々うるさいし、茂郎の部屋は一階なので下を気にすることもなかった。もちろん金がないのでティッシュさえ節約しなければならず、銀行などで只《ただ》でもらったポケットティッシュを使い、雑誌GOROのグラビアを見ながらせっせと抜くのが常だった。

(思いきって、変態ポルノ小説でも書いてみようか……)

茂郎は思い立ち、毎月買っているSM雑誌を広げた。これは高校時代から買っている馴染《なじ》み深い雑誌で、彼のオナニーライフには欠かせないものだったが、ちゃんと原稿募集もしていたのだ。

ポルノでは親兄弟や親戚《しんせき》に読ませたり、友人たちに自慢するわけにいかないが、ペンネームを使えば、どんな恥ずかしいことも書けるだろう。それにとにかく、今は金が欲しかった。弁当屋のバイト料ほどではなくても、文章で収入が得られるのは魅力だった。

茂郎は決心し、書きかけのアクション小説の原稿を片づけ、ポルノ小説に着手してみた。主人公とヒロインの名前だけ決め、思い浮かぶままいきなり原稿用紙に書き始めたが、何と、それが面白いほど筆が進んだのだ。

(な、なんだ、このノリは……)

茂郎は、よどみなく書きまくっている自分に驚いていた。

ポルノはオナニー用に昔からよく読んでいたが、やはり細かな部分で自分好みでないことに不満を抱いていたのだろう。それを自分の好きに書くことが、こんなにも心地よいものとは知らず、どうしてもっと早くポルノを書かなかったのだろうかと思ったほどだった。

どうせ明日は弁当屋のバイトも休みだから、徹夜しても構わない。茂郎は中断したくなく、水を得た魚のように勢いがついたまま書き続けた。

四百字詰め原稿用紙が、一時間に六、七枚の早さで進み、夜が明ける頃までに、三十枚の短編が五時間足らずで完成してしまった。

(うーん、新記録だ……!)

茂郎は達成感と疲労でハイになって読み返し、ラジオから流れる松坂慶子の『愛の水中花』を聞きながらオナニーしてしまった。

小説の内容は、好きな女性を思ってオナニーに明け暮れる少年が、とうとう彼女を確保して好き勝手にするが、実は全《すべ》てオナニーの妄想だった、というもので、タイトルは思春期に引っかけて、『手春記《しゅしゅんき》』とした。ペンネームは大学時代の同人誌でも使い、柳田国男の本で何となく好きだった巨人伝説のダイダラボッチから取り、大太法師に決めた。

そしてラジオを消して一眠りしてから、また起きて清書をし、その日のうちに雑誌社に投函《とうかん》した。

持ち込みにしなかったのは、ポルノ雑誌社に行くと、いきなり全裸にされて縛られ、グラビア撮影されるのではないかなどという荒唐無稽《こうとうむけい》な思いがあり、何となく怖かったので郵送にしたのだった。

(これは、いけるかもしれないぞ……)

それでも茂郎は、予想を遥《はる》かに超えたスピードでポルノ小説が書けることに驚き、さらに次の構想を練りはじめたのだった。

2

「葛木さん、ちょっと手伝ってくれる？」

弁当屋のバイトの帰り、茂郎は吉沢雅枝《よしざわまさえ》に声をかけられた。

彼女は三十五歳の主婦パートで、何かと茂郎に仕事を教えてくれた人である。豊満だが整った顔立ちは幼い感じで、エクボが魅力的だった。何とも魅惑的な巨乳で、汗っかきらしく狭い厨房《ちゅうぼう》をすれ違うだけで甘ったるいミルクに似た匂《にお》いが感じられ、茂郎も何度となく、オナニー妄想でお世話になっている女性だった。

「お買い物の荷物が多いの。どうせ通り道でしょう？」

「はい、いいですよ」

茂郎は快く答え、彼女と一緒に歩いた。

途中でスーパーに寄り、雅枝は日用品や食料品を大量に買い込み、半分茂郎が抱えて帰った。彼女の家は、弁当屋と茂郎の家のほぼ中間にあった。ごく普通の二階屋で、彼女は鍵《かぎ》を取り出して玄関を開けた。

「誰もいないんですか？」

茂郎は訊《き》いた。確か彼女には、小学生の男の子が二人いるはずだった。

「夏休みだから、二人とも私の実家に遊びに行っているの。主人は出張中。さあどうぞ」

雅枝はドアを開け、気さくに茂郎を招き入れた。

「はあ、じゃお邪魔します」

茂郎は上がり込み、雅枝に案内されながら両手いっぱいの荷物をキッチンまで運んだ。

「ご苦労さま。アパートお風呂ないんでしょう？　シャワー使っていいわ」

「え？　い、いいですよ、別に……」

茂郎は言ったが、一日中働いて全身は汗ばんでいる。銭湯へ行くのは面倒なので、ここでシャワーが借りられるのは有難かった。

しかし亭主も子供もいない、人妻一人きりの家で、バスルームとはいえ全裸になるのは妙に胸が騒いだ。

雅枝は、さっさとバスルームへ行ってお湯を出してくれた。

「じゃ、ゆっくりしてってね。夕食も食べていくでしょう？」

「そ、そんな、悪いです」

「だって、一人じゃ寂しいもの。それに、たまにはちゃんとしたもの食べなきゃダメよ」

雅枝は言い、茂郎を残して脱衣室を出ていった。

「……」

とにかく茂郎は、汗に濡《ぬ》れたTシャツとジーパンを脱いだ。

ふと見ると、洗面台の前には何本かの歯ブラシが立てかけられている。この家は雅枝以外はみな男だから、一本だけあるピンクの歯ブラシが彼女のだろう。茂郎は思わず手に取り、うっすらとしたハッカ臭を嗅《か》いでムクムクと勃起《ぼっき》してしまった。

雅枝が毎日数回口に含む歯ブラシで、ペニスにも触れてみたかったが、それは親切にしてくれている彼女に悪いので断念し、少し舐《な》めただけで元に戻した。

さらに見ると、洗濯機の蓋《ふた》が開けたままになり、中には洗濯前の衣類が入っていた。ここ数日は雅枝しかいないので、全て彼女のものだろう。茂郎は思わず、まだ水の張られていない洗濯機の中を漁《あさ》り、雅枝のブラウスやストッキングを片っ端から嗅いでしまった。

ブラウスの腋《わき》の下はまだ汗の湿り気を残し、甘ったるいミルクのような匂いが染みついていた。ストッキングの爪先《つまさき》も、うっすらと汗と脂《あぶら》に黒ずみ、何とも悩ましい匂いを籠《こ》もらせている。どれもゾクゾクと茂郎の官能を揺さぶる芳香だった。

何しろ茂郎は数回風俗に行ったきりの素人童貞《しろうとどうてい》だから、女体のナマの匂いに触れるのはこれが生まれて初めてだったのである。

（うわ……、これは……！）

とうとう衣類の下から、茂郎は雅枝の下着を発見して胸を高鳴らせた。

それは柔らかく薄い布で、丸めれば手のひらに収まってしまうほど小さく、あの豊満な雅枝の腰を覆《おお》えるのかと思うほどだった。

白地に薄い花柄があって、ほんのりと汗に湿り、裏返しても目立つシミや抜けた恥毛などは見当たらなかった。やはり夏場だから、少し汗ばんだだけですぐ替えてしまうのだろう。

それでも中心部には、僅かにクイコミの縦ジワが印され、鼻を押し当てると繊維の隅々に染み込んだ体臭が感じられた。大部分は汗だが、ほんの少しオシッコの匂いも混じり、さらに女性特有の分泌《ぶんぴつ》部の匂いなどもミックスされているようだった。

あまり長いと怪しまれるので、茂郎は何度か顔を埋めて深呼吸し、熟れた人妻の匂いを記憶に刻みつけてから下着を戻し、全裸になってバスルームに入った。

ぬるめの湯を浴び、手早く石けんで身体《からだ》を洗う。しかし勃起が治まらないので、急いでオナニーしてしまおうかと思った。

その時である。

音がして、雅枝が脱衣室に入ってきたようだ。茂郎はビクリと身体を強《こわ》ばらせ、シャワーを浴びながら様子を窺《うかが》った。

すると今度は、バスルームの扉が開いて、何といつの間にか全裸になった雅枝が入ってきたのである。

「わ……！」

茂郎は思わずしゃがみ込んで、全身を縮めた。

「一緒に、いい？」

雅枝は落ち着いた声で言い、惜しげもなく熟れた肌を露《あら》わにしていた。そしてプラスチックの椅子《いす》に座り、スポンジに石けんをつけて泡立て、テキパキと自分の身体を洗った。

狭い洗い場の隅で、茂郎は信じられない思いで斜め後ろから雅枝の身体を見つめていた。自分のポルノ小説でさえ、このような意外な展開は思い浮かばなかったものだ。

「ここに座って」

シャワーの湯で全身のシャボンを洗い流した雅枝に言われ、茂郎は恐る恐るバスタブのふちに腰かけた。

「脚《あし》を開いて。洗ってあげるから隠さないで」

雅枝が、下から目をキラキラさせて見上げてきた。茂郎は、自分の身に何が起こったか分からず、混乱したまま両膝《りょうひざ》を開いた。

「まあ、こんなに立ってる」

雅枝が言いながら、スポンジでペニスをこすりはじめた。

「葛木さんのこと好きよ。真面目《まじめ》で大人しいから」

雅枝は甲斐甲斐《かいがい》しくカリ首の溝から陰嚢《いんのう》の方まで念入りに泡立て、やがて湯で洗い流してくれた。

茂郎は、その刺激に今にも漏らしそうになりながら、ガクガクと膝を震わせていた。緊張と羞恥《しゅうち》、戸惑いと快感に舞い上がり、頭がクラクラしてきた。

さらに雅枝が、大胆な行動を起こしてきた。

幹をそっと両手で押し包むようにしながら顔を寄せ、ピンピンに張りつめた先端にチュッと唇を押し当ててきたのだ。

「ああ……」

茂郎は激しい快感に思わず声を洩《も》らした。

「いいのよ。我慢しないで。若いのだから、どうせ何度でも出来るでしょう？　一度出しちゃった方が落ち着くわ」

そんな雅枝の言葉も、もう耳に入らないほど茂郎は高まってきた。

雅枝は舌を伸ばし、小さく円を描くように亀頭《きとう》を舐め回し、幹を移動して陰嚢までしゃぶってから、再び裏側を舐め上げて、今度はスッポリと喉《のど》の奥まで含んできた。

口の中がキュッと締まり、熱い息が股間《こかん》をくすぐってきた。風俗での、サック越しの事務的な愛撫《あいぶ》ではない。内部ではヌラヌラと舌が蠢《うごめ》き、たちまち茂郎自身は人妻の温かな唾液《だえき》にまみれて、あっと言う間に絶頂の快感に貫かれてしまった。

「く……！」

短く呻《うめ》き、そのまま茂郎はドクンドクンと大量のザーメンを、雅枝の喉の奥へと噴出させてしまった。

「ンン……」

雅枝は少しも驚かず、小さく鼻を鳴らしながら吸飲を続け、口いっぱいに溜《た》まった分を喉に流し込みはじめた。

（ああ、飲まれている……）

茂郎は快感に悶《もだ》えながら思い、感激に身を震わせた。

雅枝の喉がゴクリと鳴るたびペニスが心地よく締め付けられ、とうとう茂郎は最後の一滴まで絞り出してしまった……。

3

「いい？　今度はゆっくりよ」

お互いに全裸のままバスルームを出ると、雅枝が茂郎を寝室に誘って言った。

寝室は階下の奥にあり、セミダブルとシングルのベッドが二つ並んでいる。セミダブルの方はカバーが掛けられているので亭主用だろう。

茂郎は、シングルの方へと押し倒された。狭いが、シーツにも枕《まくら》にも雅枝の匂いが甘ったるく染みついて、茂郎は一度目を発射したばかりだというのに、すぐにもムクムクと回復してきてしまった。

雅枝が上からのしかかり、ピッタリと唇を重ねてきた。

「ウ……」

茂郎は感激に呻き、うっとりと人妻の唇の感触を味わった。風俗ではろくにキスなどさせてくれなかったから、これが茂郎のファーストキスのようなものだった。

雅枝の唇は柔らかく、ほんのりと濡れて心地よかった。ザーメンを飲み干したばかかりでも生臭い残り香はなく、熱く湿り気ある吐息は甘く艶《なま》めかしい匂いがした。

触れ合ったまま雅枝の口が開かれ、ヌルッと舌が伸びてきた。それはぽってりとした肉厚の感触で、茂郎の唇の内側を舐め、歯並びを左右にたどってきた。

前歯を開くと、茂郎の口の中に潜り込んで、隅々までチロチロと舐め回してくれた。

茂郎は甘い匂いに酔いしれ、雅枝の生温かな唾液で喉を潤《うるお》した。

茂郎も舌を触れ合わせてみると、何とも柔らかく濡れた、シルク感覚のような舌が悩ましくからみついてきた。

長いディープキスが延々と続き、ようやく雅枝は気が済んだように口を離した。

「いいわ。上になって、好きなようにして」

上下入れ替わって雅枝が仰向けになり、茂郎もぼうっとした身体を立て直すように身を起こした。目の前に、全裸の熟れた人妻が横たわっている。

雅枝が目を閉じてくれたので、ようやく茂郎はジックリと観察することができた。

肌は透けるように色白で、何とも魅惑的な巨乳が息づいていた。乳首は初々《ういうい》しい薄桃色で、乳輪も程良い大きさで周囲の肌に微妙に溶け込んでいた。

茂郎は屈《かが》み込んでチュッと乳首に吸い付き、もう片方の膨《ふく》らみにも手のひらを這《は》わせた。

「あぁッ……！」

雅枝は、すぐにも色っぽい声で喘《あえ》ぎはじめ、茂郎の顔をギュッときつく抱え込んだ。

「むぐ……！」

茂郎は顔中が豊かな膨らみに埋まり込み、心地よい窒息感の中で呻いた。

乳首はコリコリと硬く突き立ち、舌で転がすと雅枝の全身がクネクネと悩ましく悶えた。

湯上がりだというのに、胸元や腋の下からは、ほんのりと甘ったるい匂いが揺らめいてきた。

ようやく雅枝の力が抜けてぐんにゃりとなると、茂郎はもう片方の乳首も含み、唇で挟んで引っ張るように吸った。

「いいわ、気持ちいい……。ね、そっと嚙《か》んで……」

雅枝が熱く喘ぎながら言った。恐る恐る触れるような愛撫よりも、雅枝ぐらいの人妻になると強烈な刺激が欲しいのだろうか。

茂郎は唾液に濡れた乳首に、そっと歯を立てた。

「あう！　もっと……」

雅枝が熟れ肌を波打たせて口走る。茂郎も、次第に力を入れてコリコリと嚙んだ。

だんだん緊張と気後れが薄れ、茂郎も遠慮なく好きに動けるようになってきた。両の乳首を交互に含んで吸い、愛咬《あいこう》を繰り返し、さらに甘ったるいフェロモンを求めるように雅枝の腋の下にも顔を埋め込んでしまった。早くもジットリ汗ばみはじめた腋の窪《くぼ》みは、ほのかなミルク臭を含んで茂郎の興奮を高まらせた。

真夏でもノースリーブは着ないのだろうか、それとも亭主がいないから手入れを怠けているのか、そこには色っぽい腋毛がモヤモヤと煙り、茂郎は夢中になって鼻を押しつけ、人妻の体臭を味わいながら舌を這わせた。

「あん、ダメ、くすぐったい……」

雅枝は身をよじって声を震わせたが、本気で拒む様子はなかった。ようやく茂郎は移動を開始し、中央に戻って滑らかな肌を舐め降りていった。雅枝が、自分から両足を開いてきたので、茂郎もその中心に腹這い、彼女の股間に顔を進めていった。

「……！」

茂郎は思わずゴクリと生唾《なまつば》を飲み込んだ。

色白の肌と、股間の丘の黒々とした茂みのコントラストが鮮やかだった。量感あるムッチリとした内腿《うちもも》に挟まれた、真ん中のワレメからは、ピンク色の花びらが僅《わず》かにはみ出し、今にもトロリと滴《したた》りそうなほど蜜《みつ》のシズクを膨らませていた。

茂郎は、指を当ててそっと花びらを開いてみた。内部は、ヌメヌメと潤《うるお》った柔肉。奥には細かな襞《ひだ》に囲まれたホールが息づき、目を凝らすとポツンと小さく閉じられた尿道口まで確認できた。こんなにもジックリ見たのは初めてだ。

さらにワレメ上部にある包皮の下からは、真珠色の光沢を放つクリトリスも顔を覗《のぞ》かせていた。

もう我慢できない。茂郎はギュッと雅枝の中心に顔を埋め込んだ。

鼻をくすぐる柔らかな恥毛の隅々には、湯上がりの香りに混じってうっすらとした甘ったるい匂いが馥郁《ふくいく》と籠《こ》もっていた。

茂郎は何度も何度も深呼吸して人妻のフェロモンで胸を満たしながら、ワレメ内部にそろそろと舌を差し入れていった。

陰唇《いんしん》の内側はヌルッとして、奥へ行くほど熱く潤っていた。

細かな襞の入り組む膣口《ちつこう》をクチュクチュと舐め、溢《あふ》れる愛液をすくい取りながらクリトリスまで舐め上げていくと、

「アアッ……！」

雅枝が声を上げ、内腿でギュッと彼の顔を締め付けてきた。

茂郎は、自分の拙《つたな》い愛撫で一回りも年上の人妻が感じてくれることが嬉《うれ》しく、舌が疲れるまで必死に舐め回し続けた。

4

「い、いいわ。入れて……！」

雅枝が大量の愛液を漏らしながら言った。

「待って。こうして」

茂郎は言い、まだ挿入する前に彼女の両足を抱え上げ、オシメでも替えるような体勢を取らせた。そして豊満なお尻《しり》の谷間に顔を進め、キュッと恥ずかしげに閉じられているピンクのツボミにも舌を這わせた。

「あん！　そんなとこ、舐めなくていいのよ……」

雅枝が声を上ずらせたが、ここは前から舐めてみたかったところだ。しかし風俗ではとても言えず、今ようやく願いが叶《かな》ったのである。

細かな襞の震えが舌先に伝わり、さらに唾液のヌメリに合わせて舌先をヌルッと押し込んでみた。

「あう……！」

雅枝は息を詰めて呻き、浅く潜り込んだ茂郎の舌をキュッと丸く締めつけてきた。

しかし嫌がるふうもなく、中の粘膜をチロチロ舐め回している茂郎の鼻先にあるワレメからは、白っぽい愛液が大量にトロトロと溢れ出してきた。茂郎はようやくツボミから舌を引き抜き、湧《わ》き出した愛液を舐め上げてから、身を起こしていった。

股間を進め、待ちきれないほど興奮に色づいている花弁に先端を押し当てた。

「い、いいわ。きて……」

雅枝が急《せ》かすように言うと、茂郎もグイッと腰を沈み込ませた。張りつめた先端部が膣口を丸く押し広げ、ヌルッと潜り込むと、

「アアーッ……！」

雅枝が激しく身悶え、声を絞り出して両手を回してきた。

身を重ねながら、茂郎は一気に根元までヌルヌルッと貫いていった。中は熱く濡れ、柔肉が心地よくキュッと締め付けてきた。

茂郎は深々と入れたまま、まだ動かずに人妻の温《ぬく》もりと感触を心ゆくまで味わった。

胸の下では巨乳がクッションのように弾み、柔らかな恥毛がこすれ合い、彼女の恥骨のコリコリまでが下腹部に感じられた。

「つ、突いて、奥《じ》まで……」

雅枝が言い、焦れたように下からズンズンと股間を突き上げてきた。

それに合わせて茂郎も腰を突き動かしはじめ、濡れた柔襞の摩擦を嚙みしめた。

口内発射したばかりでなかったら、あっと言う間に果ててしまっていただろう。雅枝の唇と舌の刺激も最高に気持ち良かったが、こうして一つになり、快感を分かち合うのも格別だった。

動くたび、互いの接点からピチャクチャと淫《みだ》らに湿った音が聞こえてきた。溢れる愛液に、揺れてぶつかる陰嚢までがベットリと濡れ、さすがに茂郎もジワジワと高まりはじめた。

「い、いく……！　アアッ……！」

と、一足先に雅枝が口走り、ガクンガクンと身を反り返らせてオルガスムスの痙攣《けいれん》を起こした。茂郎のぎこちない律動で昇りつめてしまうとは、雅枝も余程飢えていたのだろう。

彼を乗せたままブリッジするように雅枝が狂おしく身悶え、茂郎は暴れ馬にでもしがみつく思いで必死に腰を突き動かし続けた。

膣内はキュッキュッと艶めかしく収縮、茂郎もとうとう宙に舞うような激しい快感の嵐《あらし》に巻き込まれてしまった。

「ああっ……！」

茂郎は声を洩らし、股間をぶつける勢いでピストン運動をしながら、二度目とも思えない大量の熱いザーメンを噴出させた。

「アア……、熱いわ。出てるのね……」

子宮の入り口を直撃する射精を感じ取ったように、雅枝が言いながら締め付けてきた。

ようやく最後の一滴まで脈打たせ、茂郎は動きを止めて雅枝に体重を預けていった。

「良かったわ……」

雅枝もグッタリと力を抜き、手足を投げ出した。

重なったまま、茂郎は雅枝の息づく肌に身を任せた。まだ入ったままのペニスが、思い出したようにキュッと締め付けられ、ダメ押しの快感が得られた。

（こんな、ポルノ小説のような出来事が、現実に起こるんだなあ……）

茂郎は思い、熱く甘い雅枝の吐息を間近に感じながら、うっとりと余韻に浸った。

結局、その夜は夕食をご馳走《ちそう》になってから、さらにもう一回、今度は雅枝にリードされながら女上位でセックスしたのだった。

5

「そう、小説を書いてるんですか」

二十歳の女子大生、恵理子《えりこ》が言った。彼女も弁当屋のバイトに来ているが、滅多に出勤の曜日が合わず、今日は初めて個人的な会話を交わしたのである。

国文科に通う恵理子は、一人娘で完全なお嬢様タイプだった。高校も女子校で、まだ男と付き合った経験もなさそうだし、話では家も裕福なようだから、このバイトも夏休み中の社会勉強のためのようだった。

読書の話も合い、世間知らずの彼女は、大学を辞めて一人暮らしをし、作家を目指している茂郎に関心を抱いたのだろう。

(東京にもこんなに真面目《まじめ》で、スレていないおとなしい子がいるんだなあ……)

茂郎も前から恵理子のことは気になり、可愛《かわい》くて控《ひか》えめで、好きなタイプだったのですぐに夢中になってしまった。何しろ今まで、恋人など持ったこともなく、東京生活での第一の目的が、収入以上に恋人の獲得だったのである。

それからは何かと二人で話すようになり、やがて茂郎も彼女の出勤に合わせるようにして、いつしか帰りは彼女の家のある野方《のがた》まで送っていくようにもなった。

あれから雅枝は、何事もなかったように接していた。それでも、また欲求の波が襲ってきた時はさせてくれるかもしれないと思い、茂郎も期待していた。

そして雅枝により女体を知ったことで、すっかり茂郎も自信が持てるようになり、その思いを恵理子にぶつけはじめたのだ。

ある日、二人とも残業し八時に店を出てから、茂郎はいつものように恵理子と一緒に帰った。

「済みません。いつも遠回りしてもらって」

「いいよ、別に」

「でも、小説のお仕事があるなら私は一人でも構いませんので」

「暗い道だからね、一人じゃ危ないよ。口裂け女が出るかもしれないし」

茂郎が、最近流行《はや》っている怪談を言うと、恵理子が本当に怖くなったように身体《からだ》を近づけてきた。

その勢いに乗じて手をつなぎたかったが、まだそれほどの度胸はない。しかし茂郎は、せめてデートに誘ってみることにした。手を握るのは、もっと親密になってからで良い。

「明日、バイトはないよね？　よかったら駅前で会わない？　三時頃とか、他に用事がなければ」

内心は緊張で心臓が破裂しそうになっていたが、表面上は何気ない口調で言うと、恵理子はすぐに頷《うなず》いてくれた。

「ええ、明日は大丈夫です」

「そう」

茂郎は幸福感でいっぱいになった。雅枝との大胆な行為が、女性運を良くしてくれているのかもしれない。そして、早々と諦《あきら》めて帰郷しなくて、本当に良かったと思った。

（ひょっとしたら、キスできるかも……）

茂郎は、激しく胸を高鳴らせながら、今日の別れ際《ぎわ》の計画を練った。

もう、ここ数日の会話で、すっかり彼女が自分に好意を抱いていることは確信が持てた。しかも住宅街にある彼女の家の門は、あまり人通りのない路地にある。普段の六時上がりだったらまだ明るいが、今日はもう暗くなっている。

ひょっとしたら彼女にとってはファーストキスかもしれないが、もう二十歳なのだから、いきなり泣き出して家の人に言いつけるようなことはしないだろう。

もちろん無理矢理奪うのではなく、本気で拒まれたらストップしなければならない。

やがて茂郎のアパートのある大和町を抜け、野方に入った。もうすぐ恵理子の家だ。

通行人も少なく、家のある路地に入ると、街灯もまばらになって、さらに暗くなった。

茂郎の緊張が伝わるのか、すっかり恵理子も言葉少なになっている。それは、恵理子も何かを予感していて、キスはＯＫということなのだろうか。

とうとう門の前まで来た。誰も来ない。

立派な門柱には『小西』と墨書された表札がかかり、庭木の奥には大きな家が影を落としていた。中には、怖くて厳しい父親と、古風で美しい母親がいるのだろうか。

「じゃ、明日……」

恵理子が言って中に入ろうとするのを、茂郎はその手を握って引き寄せた。

「……」

恵理子は拒まなかった。

茂郎は、そのまま抱きすくめて、そっと唇を寄せていった。

少し斜めから、そっと唇を触れ合わせると、柔らかな感触が伝わってきた。恵理子は長い睫毛《まつげ》を伏せ、自分からも茂郎の腰に手を回してきていた。

ものの二、三秒だったろうか。舌も入れず、茂郎はすぐ神妙に離れた。感激に、淫《みだ》らな思いすら吹き飛ぶような、何とも清らかなキスであった。

「じゃ、三時に」

茂郎が言うと、恵理子も小さく頷き、すぐ家に入っていった。

それを見送った茂郎は、小躍《こおど》りしたくなるような気分で帰途についた。

風俗嬢が、ほんの挨拶《あいさつ》程度に軽くしてくれたキスではない。雅枝との、欲望をぶつけ合った生々しいキスとも違う。

お互いに恋をした、純愛のキスだ。

茂郎の唇は、しばらく感動と感激に痺《しび》れたようになっていた。これこそがキスであり、茂郎は今ようやくファーストキスを体験したような気になった。

しかし、あまりに夢中で、間近に見えた彼女がどんな表情だったか、どんな匂《にお》いがしたか、何も覚えていなかった。

(彼女、大丈夫だったかな……)

家に入って泣いたりして、家族の人に不審がられないだろうか。あるいは、いきなりあんなことする人だと幻滅して、明日のデートをすっぽかされるのではないだろうか。

茂郎はあれこれ思いながらも、アパートに戻ってから恵理子とのキス体験を一つ一つ、何度も振り返りながらオナニーした。

そして万一、デートのあとにセックスなどという展開があるかもしれないので、面倒臭かったが銭湯に行って百七十円払い、念入りに全身、特に股間《こかん》を洗っておいた。

夜は興奮してなかなか寝付けなかったが、もしダメだったら雅枝に慰《なぐさ》めてもらおう、などという甘い考えも湧《わ》いてしまった。

やがて翌日の午後三時十分前、茂郎は高円寺北口の駅前に行った。

いくらも待たないうち、恵理子が来てくれた。特に表情に不安や緊張の色はなく、いつものような透き通った笑みを浮かべてくれ、ようやく茂郎は安心したものだった。

駅前の喫茶店に入り、コーヒーを注文した。店内の片隅では、大学生らしい連中がインベーダーゲームに熱中している。

「ゆうべ、ごめんね。大丈夫だった？」

茂郎は思いきって訊《き》いてみた。

「ええ……、ぼうっとして、長いことお風呂《ふろ》に入ってたら母親が心配して見に来たけど」

恵理子が、うっすらと頬《ほお》を染めて答え、茂郎はその答えに満足した。何とも思われないのは寂しいし、あまりにショックを受けられても困る。恵理子の答えはちょうど良い塩梅《あんばい》だった。

「初めて……？」

さらに恐る恐る訊いてみると、恵理子は恥じらいながら小さく頷いた。

（そうか、この躾《しつけ》正しい二十歳のお嬢さんは、昨夜がファーストキスだったのだ。まだ無垢《むく》な彼女の最初の相手であるおれは、一生彼女の記憶に刻まれるだろう）

茂郎は思い、あれこれ空想ばかりして話題が弾まなかった。

（一度唇を許したということは、この次もＯＫだろう。今度は舌を入れよう。胸に触っても嫌がらないかもしれない。高校大学と、ずっと女子ばかりなのだから、好奇心は旺盛《おうせい》に違いない。女の子同士の会話は、男より際どく進んでいるというからな……）

茂郎は、目の前の恵理子の唇も胸も、スカートの奥も全《すべ》て自分のものになるかもしれないと思うと、痛いほど股間が突っ張ってきてしまった。

「さあ、これからどうしようか」

あっと言う間にコーヒーを飲み終えてしまった茂郎は、わかばを一服しながら言った。

公園など行っても暑いだけだし、映画や食事など行く金はない。とにかく今から夕食時まで、充実したデートをしたかった。

もちろん茂郎にとっての充実したデートとは、密室に入ることである。

「私は、どこへでも。夜まで時間は空いてますから」

「門限は、何時？」

「七時ですが、電話すればもう少しぐらい」

「じゃ、とにかく出ようか」

茂郎は立ち上がり、二人分のコーヒー代合わせて五百円を支払い、一緒に喫茶店を出た。

もちろん電車には乗らず、商店街を北へ逆戻りし、ブラブラと散歩でもする感じで歩いた。

「人が多いとこ、あんまり好きじゃないんだ」

「私もです」

何でも、恵理子は合わせてくれるようだ。

商店街を抜け、早稲田通りを渡ると大和町に入り、間もなく茂郎のアパートが近づいてきた。

「どう？　僕の部屋に来てみる？　何でも好きな本持ってっていいよ」

茂郎は言ってみた。ダメなら、そこらの公園にでも入って、日陰のベンチでも探すほかなかった。

「ええ……」

恵理子は、少しためらいがちに答えたが、それ以上何も言わないので、茂郎はアパートへと向かった。次第に早くなりそうな歩調を押さえ、何とか着いて鍵《かぎ》を開けた。こうなることを希望し、窓は開けて網戸にしてあるから男の不潔な匂いは籠《こ》もっていないだろうし、万年床も畳んで部屋の隅に寄せてある。

それにしても、こうも希望通りに事が進むとは思わず、茂郎は平静を装《よそお》いながらも内心は破裂しそうなほど胸を高鳴らせ、目眩《めまい》を起こすほどの緊張に襲われていた。

（僕を家に招いた雅枝さんも、こんなに緊張したんだろうか……。いや、あれぐらいの歳《とし》になれば、落ち着いていたのかもしれない）

茂郎は取りとめもなく思いながら、ようやく恵理子を招き入れて上がり込んだ。ドアのロックをしたかったが、恵理子が不安になるといけないので、そのままにしておいた。まあ、いきなり訪ねてくるような友人はいないし、新聞の勧誘もここのところ来なかった。

「片づいているんですね」

恵理子は四畳半の室内を見回して言い、すぐに本棚の前に座った。奥にはＳＭ雑誌が詰め込まれているが、手前は何とか文庫本が並んでいる。

茂郎は小型冷蔵庫に薬缶《やかん》ごと入っている麦茶を出し、慌《あわ》てて汚いコップを二つ洗ってから注いだ。掃除《そうじ》はしたものの、コップまでは気が回らなかったが、別に恵理子はこちらを見ていなかった。

しかし、まだ半月なので、いくらも本も溜《た》まっておらず、すぐに話題は尽きてしまった。

（いいかな。大丈夫かな……）

茂郎は緊張に頭をクラクラさせながら、とうとう沈黙に耐えきれなくなったように、そっと恵理子の肩を抱き寄せていった。

6

「……」

唇を重ねても恵理子は何も言わず、拒むこともなかった。

それでも、さすがに身を固く強ばらせていた。やはり屋外での、別れ際のキスとは違い、密室のそれは、セックスへと繋《つな》がる行為なのだろう。

茂郎も、今度は昨夜と違い、そろそろと舌を差し入れていった。

柔らかな唇の間に割り込ませ、舌先で白く滑らかな歯並びをたどると、彼女も歯の間からチロリと舌を覗《のぞ》かせて触れ合わせてきた。

その瞬間、茂郎は完全に恵理子と恋人同士になれたような気がした。

そして昨夜のように、あまりに舞い上がりすぎて記憶がないというのも心残りなので、今日は興奮した心の片隅で、必死に冷静になって恵理子の様子を観察することに努めた。

紅も付けていない唇はグミ感覚の弾力があり、切れぎれに洩《も》れてくる吐息は熱く湿り気を含み、ほんのりと果実に似た甘酸《あまず》っぱい匂いがした。やはり熟れた雅枝とは違い、少女のように無垢な匂いと感触に茂郎は激しく勃起《ぼっき》した。

純粋に好きだから肉体も所有したいのか、単に欲望に任せてやりたいだけなのか、自分でも分からないが、もう茂郎は後戻りできないほど興奮してしまっている。

(この美人女子大生を、これからおれが開発していくのだ!)

そう思いながら、茂郎は彼女の口の中に舌を侵入させた。中は熱く濡《ぬ》れ、うっすらと甘い味覚まで感じられた。

茂郎が恵理子の口の中を舐《な》め回しながら、そっとブラウスの胸に手のひらを這《は》わせると、

「ンンッ……!」

彼女が小さく声を洩らし、やや濃くなった果実臭の息を弾ませた。されるまま拒むことをせず、ただ初めての体験におののき、身を縮めて震える恵理子が愛《いと》しくて堪《たま》らなかった。

茂郎はブラウスを通して感じられる、柔らかな膨らみを優しく揉《も》みながら、やがて手探りで布団《ふとん》を引き伸ばし、その上に恵理子を押し倒していった。

「あん……!」

ようやく唇が離れ、恵理子が声を洩らした。そして懸命に両手で胸を庇《かば》おうとしている。

「ダ、ダメかい……？」

茂郎が情けない声で言うと、やや恵理子の手の力がゆるんだ。その隙《すき》にホックを外し、胸元をくつろげて、ブラの間から膨らみを引っ張り出してしまった。

雅枝ほどの巨乳ではないが、実に形良く、マシュマロのように柔らかかった。乳首も乳輪も初々《ういうい》しく淡い色合いで、もう我慢できずに屈《かが》み込んでチュッと含むと、

「あう……！」

恵理子が声を洩らし、ビクッと強《こわ》ばる肌の震えも伝わってきた。

肌は透けるように白く滑らかで、今までブラウスの内に籠もっていた熱気が、ほのかに甘い匂いを含んで悩ましく揺らめいてきた。

舌で円を描くように乳首を転がすと、

「あ……、ああっ……！」

恵理子は激しくクネクネと身悶《みもだ》え、いくら抑えようとしても否応《いやおう》なく声が洩れてしまうようだった。

扇風機もないので網戸のままだが、窓の外は隣のアパートの壁だから、通行人に聞

かれるようなことはないだろう。

（感じてるんだろうか、それともくすぐったいだけだろうか……）

茂郎はあれこれ考えながら、もう片方もブラの隙間から引っ張り出して含んだ。彼女が完全に身を投げ出し、目を閉じて息を弾ませているので、茂郎の方もすっかり遠慮なく行動できるようになり、シッカリと観察も行った。

やがて茂郎は身を起こし、彼女の下半身へと移動した。

「ね、これ脱いで」

いちいち断りながらスカートをめくり、茂郎はパンストに指をかけた。しかし恵理子はハアハア喘《あえ》ぐばかりで、全身をグッタリさせている。生まれて初めての体験に、返事をすることもできなくなっているようだ。

茂郎は苦労してパンストを脱がせていった。

すると、まるで薄皮をむくようにムッチリと滑らかな脚が露《あら》わになっていった。

（うわ！　二十歳のナマ脚だ。二年前は高校生、五年前は中学生だった美女の脚だ！）

わけの分からないことを思いながら、茂郎は夢中で恵理子の太腿《ふともも》から脛《すね》まで舐め降りていった。

しかし、ここは乳首ほど過敏ではないようで、恵理子は羞恥《しゅうち》に震えながらも声は洩らさず、茂郎が舐めながらチラと見上げると、彼女ははみ出したオッパイを必死にブラの中へしまい込んでいた。

(やはりお嬢さまは、乱れたままのはしたない格好を長く続けられないんだなあ)

茂郎は感心しながら足首を摑《つか》み、足の裏にも唇を押し当てた。これは前からやりたかったことで、しかも雅枝と違って湯上がりではないから、茂郎は何としてもお嬢さまのナマの匂いが知りたかったのだ。

「あ……、ダメ……」

恵理子が小さく言い、ビクッと脚を引っ込めようとした。脚を持ち上げられたため、めくれた裾《すそ》が気になるようだ。それに彼女にしてみれば足の裏など、普通の人生を送っていれば決して舐められることなどない場所なのだろう。

しかし茂郎は夢中で舌を這わせ、縮こまった指の間にも鼻を押しつけた。

上品でたおやかなお嬢さまの肉体の中で唯一《ゆいいつ》、大地を踏みしめる逞《たくま》しい部分だ。スポーツは苦手そうなタイプだが、やはり脚にも足裏にも二十歳の若々しいバネが秘められているように感じられる。

それでも匂いは淡く、もの足りないほどだった。茂郎はパクッと爪先《つまさき》を含み、ほんのりと汗と脂に湿った指の股《また》にもヌルッと舌を割り込ませた。

「ヒッ……！」

恵理子が息を呑《の》み、クネクネと身をよじった。それでも茂郎は彼女の両足とも、味も匂いも完全に消え去るまで舐め回してしまった。

そして脚の内側を舐め上げながら、徐々に股間へと進み、とうとう恵理子の下着に指をかけて引き下ろしはじめた。

「ダメ、恥ずかしい……」

恵理子が言い、懸命に両膝《りょうひざ》を閉じて拒んだが、

「いいからいいから、じっとしてて」

と茂郎は、何がいいのか分からないが強引に続行してしまった。

やがて裏返って丸まった下着が、恵理子の両足首からスッポリ引き抜かれると、

「アアッ……！」

恵理子は両手で顔を覆《おお》い、きっちりと脚を閉じて横向きになり、股間を庇うように身体《からだ》を丸めてしまった。茂郎は、その間に脱がせたての恵理子の下着を嗅《か》いでしまった。こんな最中にも、隙を狙《ねら》って匂いを求める性《さが》が情けなくもあるが、茂郎は真剣だった。

しかしお嬢さまの下着は、シミも抜けた恥毛も見当たらず、僅《わず》かに汗の匂いを含んでいるだけで、また茂郎は物足りない思いをした。

やがて下着を置き、茂郎は生身の方へと顔を寄せていった。

7

スカートをめくると、白く丸い、まるで大きな水蜜桃《すいみつとう》のようなお尻《しり》が見えた。

思わずゴクリと生唾《なまつば》を飲み、顔を寄せながら指でグイッと双丘を開こうとすると、

「あん……！」

恵理子が声を上げ、今度はお尻を庇うように仰向けになってしまった。

仕方なく股間《こかん》に顔を割り込ませようとするが、恵理子は頑《かたく》なに両膝を開かなかった。

茂郎は、せめて白くスベスベした下腹部に顔を押し当て、股間のYの字の部分に淡く恥ずかしげに煙る若草にも鼻を埋め込んでいった。恥毛は何とも柔らかく、その隅々にもうっすらとした甘い汗の匂《にお》いが控えめに籠もっていた。

しかし、その勢いで何とか内腿の間に潜り込もうとしたが、恵理子は力をゆるめず、

続行は無理だった。もちろん、それ以上強引にする気はない。もう恋人同士なので、無理をして嫌われるより、焦《あせ》らず今後の楽しみにした方が良かった。

「ダメかい？　どうしても」

「怖くて……、それに恥ずかしいから……」

恵理子は、消え入りそうな声で答えた。

「入れたりしないよ。見るだけでも」

茂郎は浅ましく食い下がったが、

「ごめんなさい……」

はっきり断られてしまった。

ならば潔《いさぎよ》く諦《あきら》め、ここまででも大収穫と思おう、と茂郎は恵理子の股間の攻略を止《や》め、恵理子に添い寝していった。

そのついでに自分もズボンと下着を脱ぎ去ってしまい、せっかく身繕《みづくろ》いしたブラをずらし、再びお嬢さまのオッパイを引っ張り出して吸い付いた。

「く……！」

刺激に、恵理子が息を呑んでギュッと茂郎の顔を抱きしめてきた。まるで腕枕《うでまくら》されるような体勢で、茂郎は興奮と同時に奇妙な安らぎを覚えた。唾液に濡れた乳首はすっかりコリコリと硬くなり、胸元や腋の下からは甘ったるく上品な汗の匂いが漂い、上からはお嬢さまの甘酸っぱい吐息が感じられ、茂郎は悩ましいフェロモンに包まれて激しく高まった。

「ね……」

茂郎は甘えるように言いながら這い上がり、今度は彼女に腕枕して、恵理子の手を握り自分の股間へと導いてしまった。

お嬢さまの指先が、強ばりに触れる。

さらに強く押しつけると、ようやく恵理子の指が動いて、やんわりと幹を握ってきてくれた。柔らかな手のひらはほんのり汗ばみ、無邪気な手探りに刺激され、茂郎自身は最大限に膨張した。

「硬いわ……、でも変な形……」

自分への刺激がなくなり、茂郎が完全な受け身となると、恵理子も徐々に好奇心が湧《わ》いてきたようだった。

しかし、まだ見る勇気はないようで、モミモミと硬度や形状を確かめるように指を動かし、ピンピンに張りつめた先端部にも触れてきた。

「もっと強くして……」

「こう？　痛くないの？」

恵理子は内緒話のような囁《ささや》き声で言いながら、さらに力を入れて愛撫《あいぶ》してくれた。

そして強ばりのみならず、陰嚢《いんのう》まで柔らかな手のひらに包み込んでくれた。

「これ、お手玉みたい……」

「そこは強くしないで。男の急所だから。中に、二つ玉があるだろう？」

「本当……。ここ、何もないのね、不思議……」

恵理子はコリコリと睾丸《こうがん》をいじってから、陰嚢の裏側と肛門《こうもん》の間にも指を這わせて呟《つぶや》いた。自分ならワレメのある部分だから、何も指に触らず滑らかなので意外だったのだろう。

一人っ子で男兄弟もいないから、まだ恵理子は男性器を見たこともないようだった。

彼女の指は、再び幹へと戻ってニギニギし、まるで手のひらの中でハムスターでも可愛がるように優しく愛撫してくれた。

「い、いきそう……」

茂郎は急激に高まりながら、激しく恵理子を抱きすくめた。

「いきそうって？」

「続けて……」

言うと、恵理子は無心に指を動かしてくれた。たちまち茂郎は、激しい快感の怒濤《どとう》に巻き込まれ、どこまでも押し流されてしまった。

「う……！」

彼女に抱きついて呻き、茂郎はもう一度唇を重ね、可愛らしく甘酸っぱい吐息に包まれながらドクンドクンと熱い大量のザーメンを噴出させてしまった。

「あ……」

指を濡らされ、恵理子が唇を離して声を洩らした。

「や、やめないで……！」

茂郎は身を震わせながら口走り、とうとう最後の一滴まで絞り出してしまった。

しかし、うっとりと余韻に浸っている暇はない。指をヌルヌルにしながら、どうして良いか分からず恵理子が途方に暮れているのだ。

茂郎は身を起こし、銀行でもらったポケットティッシュを出して彼女の指とペニスを拭《ぬぐ》った。見ると、大量のザーメンは彼女のムッチリした太腿にまで点々と飛び散っていた。白濁した粘液が、肌の丸みを伝ってヌラヌラと滴《したた》りはじめている。

その様子は、いかにも神聖なものを凌辱《りょうじょく》した感じで艶《なま》めかしく、茂郎は思わずドキリと胸を高鳴らせてしまった。

「ごめんよ……」

茂郎は言い、彼女の太腿も念入りに拭《ふ》き清めた。

8

「小西さんとは、うまくいってるの？」

仕事の合間に、雅枝が訊《き》いてきた。やはり何となく、茂郎と恵理子の雰囲気で分かってしまうのだろう。

今日は恵理子は、バイトの休みの日だった。

雅枝も、別に嫉妬《しっと》しているわけではない。そもそも雅枝にとって茂郎は恋愛の対象ではなく、強いて言えばオナニー用の道具のようなものなのだろう。愛着はあるかもしれないが、愛情や嫉妬の対象にはならないに違いなかった。

「いえ、特に……」

茂郎は曖昧《あいまい》に答えた。

あの日、茂郎は恵理子を家まで送っていったが、別れ際《ぎわ》のキスもちゃんと受け止めてくれた。あの体験はショックには違いないが、茂郎のことを嫌いにはならなかったようで、彼はほっとしていた。また近々デートにも応じてくれるだろうし、そう遠くないうちに恵理子の処女が戴《いただ》けるだろうと茂郎は確信を持ち、毎日がバラ色だった。

「また今度、誘ってもいい？　それとも小西さんに悪いかしら？」

雅枝が、キラキラと潤《うる》んだ色っぽい眼差《まなざ》しで言う。今日はオーナー兼店長は早上がりで、店はベテランの雅枝に任されているため、誰も聞いているものはいない。

「いいえ、喜んで。僕、吉沢さんには感謝してますから、何でもします」

「そう」

雅枝は満足げに頷《うなず》き、洗い物を続けた。

茂郎も、今後とも雅枝と関係を持っても、恵理子への済まない気持ちや抵抗感はなかった。むしろ雅枝に教わったテクニックを身につけ、それを恵理子に向けてみたかった。

それに雅枝になら、恵理子にはできない大胆な要求も可能だろうから、もとより求めるものが違うのだった。

無垢《むく》な処女と熟れた人妻、その両方が自由になると思うと、茂郎は幸福感で胸がいっぱいになり、何だかどんどん良いポルノ小説が書けるような気がしてきた。

「もうすぐ子供も帰ってくるから、今度は家じゃなくホテルに行ってみましょうね。経験ある？」

「い、行ったことないです。ぜひ、連れてってください」

茂郎が勢いよく頭を下げると、雅枝はクスッと笑った。

「今日は暇だわ。これ持っていきなさい」

そろそろ六時なので、上がろうとしている茂郎に何種類かの総菜を少しずつパックに入れてくれた。

「有難うございます」

食費が浮くのは助かった。普段の茂郎の食生活は、飯を炊《た》いて味噌《みそ》汁を作るだけ、あとはコロッケなどを商店街で買うだけだったのだ。弁当屋は八時までだが、日暮れ以降の客は滅多にない。それでも店長は余り物さえくれないので、たまにこうして雅枝がこっそりくれるのは有難かった。

やがて店を出て、茂郎はアパートへと向かった。

（さあ、雅枝さんの誘いと、恵理子とのデートと、どっちが先かな……）

茂郎は思い、足取りを弾ませた。

もう八月下旬だ。そろそろ恵理子の大学も後期が始まるだろうし、それからでは時間が合わなくなってしまうかもしれない。

（次のデートでは、やはり恵理子も覚悟するだろうな……）

あれこれ思ううち、すっかり勃起《ぼっき》してきてしまった。

そしてアパートに戻ると、ポストに大きな封筒が入っていた。部屋に入って開けてみると、何と月刊の官能雑誌が一冊入っている。茂郎が投稿したSM雑誌の姉妹誌だ。目次の作家たちの名前の中に『大太法師』の名がある。茂郎が応募した『手春記』が『劣情ブルース』と改題され、掲載されていたのだった。

（うわ！　デビューしてしまった……）

茂郎は、驚きと喜びに胸を高鳴らせながら、初めて活字になった自分の作品を貪《むさぼ》るように読んだ。

まさか、こんなに早くデビューできるとは夢にも思っていなかった。自信作ではあったが、掲載までは時間がかかり、編集部から何か先に連絡があると思っていたのである。

余程、誰か作家が穴を開けて代わりの原稿を急いでいたのかもしれない。

ページの間には編集部からの手紙が挟まれ、連絡して欲しい旨《むね》が簡単に書かれていた。

(人妻に弄《もてあそ》ばれて、さらに恋人ができ、作家デビューまでしてしまった。東京へ出てきて、大正解だったな!)

茂郎は思い、まず米をといで一服しながらもう一度自分の作品を読み返し、小型炊飯器のスイッチを入れてから、またすぐに外へ出た。

そして本屋に行って掲載されている官能雑誌を探し、置かれていた三冊とも全《すべ》て買った。

「同じ本でいいんですか?」

店員が怪訝《けげん》そうに言ったが、茂郎は「僕の作品が載ってるんです」と言いたい気持ちを我慢し、黙って頷いただけだった。

記念すべきデビュー雑誌だ。一冊きりでは無くすと大変だし、湘南に帰ったら友人にも回して読ませたかった。

アパートへ戻り、味噌汁を作りながら茂郎は何度も、置かれている雑誌を振り返った。

(しかし、ポルノをずっと続けるべきだろうか。業界には、おれなんか太刀打ちできないような大変態が山ほどいて、片っ端から女性をイカせているに違いない……)

茂郎は思い、少々不安になった。

だが、やはりポルノとはいえ文章で収入が得られるのは嬉《うれ》しかったから、明日にでも電話して、思いきって編集部を訪ねようと思った。幸い、あれから書き続けているポルノの新作もできたばかりだから、それも持っていくつもりだった。

(注文が殺到するようになれば、電話も引かなきゃならないな)

楽天家の茂郎は早くも、もう売れっ子ポルノ作家になったことを思い、いつ弁当屋のバイトを辞めようかとまで考えた。雅枝や恵理子と知り合えたのだし、二人とは今後仕事を離れても会えるだろう。僅かなバイト期間でも、給料以上の大収穫が得られたのだ。

昭和五十四年の夏、二十三歳でデビューしたばかりの茂郎の性春は、まだまだこれからだった。

罪隠しの川

内藤みか

内藤みか（ないとう・みか）
山梨県生れ。大学四年の時、大失恋の果てに投稿した作品が連載となり作家デビュー。新潮ケータイ文庫で連載した『いじわるペニス』は、総アクセス数70万の大ヒットとなり、ケータイ小説の女王の異名を取る。
ケータイＨＰは http://micamica.net

1

川を越えると、なんとなく瞬也《しゅんや》は、ほっとする。満ちている水が、昨晩の自分の行動をすべて清めてくれるような気がして、安心できるからだ。

新宿から中央線快速に乗って十分ほどで、御茶ノ水に着く。お堀には点検作業のボートが出ていた。暗い水の色をぼんやり眺め下ろす。のんびり進む小さな古い船体を見ていると、自分まで一緒に水の上でゆらゆらしているような錯覚を起こす。多分、寝不足のせいもあるのだろうけれど。

そこから地下に潜って、地下鉄新御茶ノ水駅から千代田線で二十分。北千住を越えたところで地下鉄は地上に上がり、荒川が来る。ぱあっと開ける幅広い川のほとりの、のどかな風景。ランニングする人、犬を散歩させている人。平凡という名の幸福が、溢《あふ》れんばかりに瞬也に襲いかかってくる。

荒川を過ぎると、すぐに綾瀬《あやせ》の駅だ。

のろのろと、北綾瀬行きの車両に乗り換える。0《ゼロ》番線から出る二両だけのミニライン。綾瀬と北綾瀬間を繋《つな》ぐだけのほんの短い距離のためだけにあるモノレールのようなこの線に乗り継ぐたびに、瞬也は思う。まるで、この世の外れに自分は向かっているようだ、と。

北綾瀬の駅を降りる時、大抵はもう昼近い。そして大抵は空腹だ。そしてほとんどの場合、タバコも切らしかけている。

駅前でパーラメントを一箱仕入れ、環状七号線に沿って進むと、スーパーがある。そこで弁当を買ってアパートに戻るのが常だ。コンビニよりもスーパーの惣菜《そうざい》のほうが絶対美味《うま》い。というかコンビニメシにはもう、飽きてしまっていた。今日はちらし寿司《ずし》があった。玉子の黄色が懐《なつ》かしくも美味《おい》しそうで、思わず手に取った。四百九十八円だった。

スーパーのすぐ近くの救急病院の裏にアパートはある。ブルーの色が剝《は》げかけているボロいドアがついた建物の、一〇五号室。それが瞬也の根城だった。カギを取り出し、捻《ひね》り開ける。もう昼近いのに、この部屋の中は、いつも暗い。カーテンを締めきっているせいもあるけれど、一階だから日当たりも悪いのだろう。

足元には読み終えたスポーツ新聞がいくつも散らばっている。出かける前にあたふた目を通して玄関口にぽいと投げ出して行くからだ。自分が悪いのだけれど、何となく腹がたつ。

腹がたつ物といえば、玄関口に並んでいる数足のヒールだった。瞬也は靴なんてボロボロのナイキのスニーカーひとつしかない。それなのになんだって、こんなに女物の靴ばかりが占拠しているのだろう。

２ＤＫ右の方の部屋が、瞬也の部屋だった。開けて、ため息をついた。ソファベッドの上に毛布にくるまって寝息を立てている女がいたからだ。

(自分のベッドで寝ろよ)

そう思うのだが、彼女はまるで、主人の帰りを待つ忠犬のように、近頃瞬也の部屋でばかり睡眠を取っている。一緒に暮らし始める時、お互いの部屋を作ってプライベートを大事にしながらやっていこうと約束してたはずなのに。彼女は最近自分の部屋にいたためしがない。ゲームをしたり、深夜番組を眺めたりして時間を潰《つぶ》しているらしく、テレビが点《つ》けっぱなしになっていることも多い。

今日もだらんと彼女の白い手首だけが、毛布から飛び出している。そして床の上にはリモコンが転がっている。

ソファ脇《わき》のミニテーブルには、彼女がつまんだのだろう、スナック菓子とウーロン茶の五〇〇ミリリットルペットボトルが置かれていた。長い夜を昨日も独りで過ごしていたのだ。瞬也はそうっと、足を忍ばせて中に入り、パジャマに着替えた。ソファは女が占領しているから、床に寝るしかない。フローリングの床は、冷たかった。背中が痛くて悔しくなった。いっそ彼女の部屋に無断で入り、ピンクのシングルベッドに潜《もぐ》り込んで寝てやろうかとも思ったのだが、自分がされて嫌なことを相手にしたくない。だから、ガマンしていつも床に寝ている。

瞬也が悪いのだということは、わかっている。朝帰りばかり続けていたら、誰だって心配するはずだ。

その時、彼女、美咲《みさき》が突然声を発した。

「ねぇ、昨日はどこに連れてかれてたの？」

「……」

いつも、どこで何をしていたのかを、彼女は尋ねてくる。

そのたびに言葉に詰《つ》まる。嘘《うそ》ばかり塗り重ねてここまで来てしまっている。

最初は、新宿の居酒屋でバイトをしているということにしておいた。美咲はふぅんとあまり気にもとめていなかったはずなのに。

美咲とは半年前、新宿のクラブで踊っていて意気投合し、そのままラブホテルでセックスをした。二十三歳と同い年だったこと、宮崎という同郷で、共通の知人も何人かいたことで盛り上がり、翌週には瞬也は彼女の住む北綾瀬のアパートに転がり込んでいた。彼女は元彼との同棲《どうせい》を解消したばかりで、同居相手を探していたのだ。自分の運の良さに、瞬也は喝采《かっさい》を送りたかった。

女と同棲するといっても、敷金や礼金などがいろいろかかるものだが、美咲はすでにアパートを借りていたので話が早かった。当時、風俗嬢に部屋から追い出され、友達のところを転々としていた瞬也にとっては、願ってもない話だった。もちろん美咲には、「妹と同居してたんだけどケンカばっかりしているから、ちょうど出たいと思ってたんだ」と嘘をついた。

荷物なんか、大してなかった。ボストンバッグひとつで転がり込んだ。だからこの部屋のエアコンも、赤いソファベッドも、テレビも、全部、瞬也がこの半年の自分の稼ぎで買ってきた大事な品である。身体《からだ》を張って稼いだのだから、愛しさもひとしおだ。

瞬也の仕事は、ウリセンだった。ゲイの男に自分の身体を差し出している。なんでこんな仕事をしてるんだろうと自分でも思う。だけど、一晩買われると二万円とうまくいけばチップももらえる。それは、普通に居酒屋で深夜ずっと立ちっぱなしで働いたら三日はかかるであろう収入だ。

瞬也は週に二～三回店に出て、月収約二十万を目標に働いている。店に出ても客に選んでもらえなかった日は、一円にもならない。でも幸いにしてわりと顔が可愛《かわい》いので、食いっぱぐれることは当分ないと思う。

同棲を始めて最初の二ヶ月くらいは、うまくいっていた。彼女は北千住のキャバクラで働いていたから、滅多に新宿には出てこない。なんで北千住のキャバなん、と聞くと、お客さんが地元の人ばかりで恐くないよって友達に紹介されたから、とあっけらかんと答えた。彼女は夜中の三時くらいまで働き、店のワゴン車でアパートまで送ってもらっている。瞬也は五時まで営業している歌舞伎町《かぶきちょう》の居酒屋で働いていることにしていた。

けれども、最近ついに、嘘がバレた。バレたというより、バラさざるを得なかった。

「お店に一度飲みに行ってもいい？」

と聞かれ、言葉に詰まってしまったのを訝《いぶか》しがられたからである。しどろもどろになりながら、瞬也は結局ウリセンで働いている、と打ち明けてしまった。ウリセンて何、と尋ねられたので、男向けの出張ホスト、と答えた。血相を変えかけた美咲に慌《あわ》てて、

「エッチとかは、絶対してないよ。俺、ノーマルだし。そういうのは、オプションプ

レイだから。俺は、ただ、一緒に飲む程度。ほら、酒強いし」

と説明する。そして、しおらしく、

「こんな仕事してるって言ったら嫌われると思って……言えなかったんだ、ごめんね」

と上目遣《づか》いに見つめる。ゲイオヤジだったら間違いなくいいよいいよと許してくれるシチュエーションだった。そして美咲も、

「もう……いいよいいよ。オジサン相手なら、キャバクラだってそうだし。変なことしなきゃ、いいよ。でも、気をつけてね」

と苦笑いをした。それから三ヶ月。最初のうちは客に頭を下げてなるべく始発で戻るようにしていた。そうすれば眠りにつく前の彼女に会える。それが、瞬也も嬉《うれ》しかった。とりとめもない話をしたり、軽くセックスをしてみたり。美咲の前では、一瞬だけまともな男になれた。いつかは妻や子をもち、普通に暮らしていく自分の姿が、彼女といると感じられた。この小さなアパートだけが、自分を守ってくれる気がしていた。荒川を越えてここに辿《たど》り着くと、何もかも忘れて、瞬也は、ぼうっとしていたくなる。それは、美咲を愛しているからというより、ただ、何もしたくないから、という気持ちのほうが、近いとは思う。多分、自分は疲れているのだ。別に運動とかし

ているわけじゃないけれど。でも、まあ、していることは〝肉体〟労働か。けれども最近、めんどうくさいのと、お客さんにまだいいじゃないかと請《こ》われると断りきれないこともあって、朝まで一緒に寝てしまうことが増えてきてしまった。だから北綾瀬に戻るのがいつも昼近くなってしまう。美咲は気が気じゃないことだろう。わかってはいるのだけれど、睡魔には勝てない。近頃、どうも、眠くてだるいのだ。

「昨日はカジノに連れてかれてた。一晩中ルーレットに付き合ってたよ」

「ふぅん、どんなお客さん？」

美咲は必ず客のタイプを尋ねてくる。

「気の強そうなニューハーフの人……。勝たなきゃ許さないわよってすごまれて、必死で朝まで頑張ったんだよ」

「ふぅん……大変だったんだ……」

彼女は何となく安心したように目を閉じた。ウリセンボーイが買われていく相手は、ゲイ、つまり男である。だから、女である自分の敵ではない、とでも思っているのだろう。本当はカジノもそこそこに、ニューハーフにラブホテルに連れ込まれていた。そこで思いきりしゃぶられまくっていた。二発も出しちゃった。そんなこと、美咲には言えない。美咲は、瞬也が毎晩新宿の色々な店に連れて行かれているだけだと信じきっている。ホテルなんて男と行くわけないじゃん、と、顔をしかめてみせているから、ヤッてるわけがない、と思い込んでいる。別に気の毒だとは思わない。バレなきゃいいのだ。これからもなんとか、うまくやるつもりでいた。

「ね、そっち行っていい？」

彼女が囁《ささや》きかけてくる。抱きしめられたら、ニューハーフの付けていたきつい香水の匂《にお》いがしやしないだろうか。よくシャワーを浴びて、自分でもブルガリのプールオムをつけてきたけれど。でも、一瞬ヒヤリとした。それにセックスしようと持ちかけられても、もう、そんな気になれない。

「全然寝てないんだ、おやすみ」

それだけ言って、瞬也は目を閉じた。頭の中で、あ、買ってきたちらし寿司食べそびれた、と思い出したが、睡魔には勝てそうもなかった。そういえば、美咲とはもう二週間くらい、エッチをしていないかもしれない。恨めしそうな美咲の視線がこちらに向けられているのが分かったが、どうにもしてあげることができなかった。

2

北綾瀬から綾瀬駅まで、時々出勤前の彼女が車で送ってくれる。出勤といってもお互いに夜の商売だから、夕方の五時だったりするのだけれど。黒い軽自動車を綾瀬駅のロータリー脇につけて、軽くキスやハグをして別れるのだ。そして時々美咲は聞く。

「今日は早く帰れそう？」

そのたびに瞬也は答える。

「そうだといいね」

本当に早く帰れればそのほうがいい。でもその日のノリによっては、わからない。ゲイもOKのひなびたラブホテルでオヤジと抱き合って眠ったまま、寝過ごしてしまうことも、あるし。

シルバー地に緑色のラインを走らせている地下鉄千代田線を待つ間、そして乗った後が、瞬也の営業タイムだった。美咲と一緒にいる時は、客に電話をできない。溜《た》まった携帯の着信やメールを見ながら、優先度の高い客から順に、連絡を入れていく。

予約の問い合わせをしてきた客から先にダイヤルする。今日遊ぼうか、なんてメールが入ってたらラッキー、二万円ゲット、と思う。でもそんなタイミングのいいメールは、滅多にない。ほとんどは向こうの近況を伝える他愛もないものだ。

『最近は忙しくてやんなっちゃうよ。シュンも元気で頑張れよ』

『飲み過ぎでだるいっす。また連絡するよ』

などなど。そういう短信にも瞬也はなるべくマメにメールを返す。

『お仕事大変ですね。また暇になったら声をかけてくださいね』

『お体大事にしてくださいね。また飲みましょう〜!』

少しだけ気があるような感じでメールを入れる。それだけでオヤジは喜んでくれるものだ。そしてその喜びは、ほとんどの場合、次回の指名へとつながる。メールもなかなかあなどれない営業ツールなのである。

千代田線は、北千住の手前で地下に潜っていく。そうするとメールも電話もできなくなるので、この十分足らずの時間で、ダッシュでいろいろなことをこなさなくてはならない。客への営業という一番億劫《おつくう》なことはこの時間に課している。そうとでも決めておかないと、自分は決して営業なんてしない。だけど営業しなくては思うように稼げない。リピーターが多いほうが、精神的にも楽なのだし。

瞬也は着信リストを見て、少し顔をほころばせた。先週初めて指名してくれた風俗嬢からだった。

『ぉはょう!』

なんで彼女らはこんな風に文字の大きさを変えたりするのだろう。読みづらくてしょうがない。けれども、金は持っている。ひょっとしたらオヤジより持っているかもしれない。何しろ稼ぐ気になれば月収百万は確実だ。

『何してんの?』

聞かれたから答えを書く。

『出勤するとこだよ。また飲もうね!』

寂しがりやの彼女達には、フレンドリーなメールが効く。半年、ウリセンをしていてわかったことだった。

ウリセンは、もともとは、男が男に買われる仕事だった。けれども、最近は女の客が増えている。若い男を連れ出せる店があると、ネットかどこかから情報を仕入れてくるのだろう。

前から時折風俗嬢が気晴らしに男を買いに来たことはあった。瞬也も指名されたことがある。いろんなタイプの子がいた。添《そ》い寝してくれるだけでいいのと言う子もいた。ソープ嬢をしていてセックスには疲れ切っちゃっているから美少年の腕枕《うでまくら》で眠りたいのとしがみつかれ、こちらのほうがどぎまぎして眠れなかったこともあった。嫌なことでもあったのか、朝まで飲もう、と数軒ハシゴさせられ、気がついたら日が高くなっていたなんてこともあった。

ウリセンに平気で入って来られるくらいなのだ。ちょっと変わった女の子が多い。気が強かったり、キレやすかったり。とにかく扱いにくい。どの女の子も表現方法は違うけれども皆訴えていることは同じ。ねぇ、あたしを見て？　あたしをスカッとさせて？　あたしに優しくして？　あたしを気持ちよくさせて？　たくさんの欲求を瞬也にぶつけてくる。正直、面倒臭かったし、受け止めるのは重かった。でも、それでもウリセンボーイ達は、指名されれば喜んで彼女らの相手をする。オヤジとハダカで抱き合うよりはずっとマシ、だからだ。

この間の風俗嬢とはセックスしてしまった。最初はしなくていいという話でラブホに入ったのだが、広いバスルームを真っ暗にして、丸いバスタブの中の、ほの暗い青い照明だけを見つめているうちに、ロマンティックな気持ちになってきて、なんとなく浴槽《よくそう》の中で繋《つな》がってしまったのだ。バックから彼女を突いていると、ぴちゃんぴちゃんと闇《やみ》の中で水が跳《は》ねた。人魚がヒレをばたつかせているみたいだった。

エロティックなシーンを思い返し、瞬也の頬が、どうしても緩《ゆる》む。メールだけじゃなんだし、電話もかけてみようかなと思ったところで、携帯の着信ランプが光った。あッ、と思った。三日ほどまえに指名してくれた、遥香《はるか》だったのだ。

「……はい？」

電話に出る。携帯の送話口を手のひらで覆《おお》って、電車の扉の窓から外を見る。車内で携帯に出るなんて、と人々の目線は冷たい。けれども瞬也は無視を決め込む。それよりも、携帯を鳴らしてくれた客のほうがずっと大事だ。

「……シュン、くん？」

店での源氏名しか遥香は知らないのだから、おずおずとそう呼びかけてくる。

「そうですよ、今、何してるんですか」

「ええとね……」

後ろの方で、きゃあッと歓声があがった。小さな女の子の声だった。

「今、家なんだ」

「そう……。夕御飯を作ろうとしているとこ」

遥香は、テレビ制作会社の女性プロデューサーに連れられて店に来た。料理研究家兼レポーターをしていると言っていた。可愛《かわい》い、と、一目で瞬也を気に入って指名してくれた。気立ての良さそうな清潔感のある主婦っぽい人で、色白なせいもあるけれど、店の中で彼女だけが浮き上がって見えた。

バツイチだと言っていた。プロデューサーが他の美男子を選び、さも当然のようにラブホテルに案内していった。

「こんな簡単なことでいいの？」

戸惑《とまど》いながらも、遥香は瞬也と交わった。久しぶりにエッチをした、と目を細めて、何度も背中に手を回し、しがみついてきた。ぴっとりと、彼女の一番秘密にしている部分が、瞬也に貼《は》り付いてきた。密着感があって、気持ちのいいセックスだった。

ウリセンは、あまりにも直接的なので、一旦《いったん》セックスをすると、頭が混乱してしまうお客がいる。セックスまでしてしまったのだからもう他人じゃない、みたいに錯覚するのだ。きっと、遊び慣れていないみたいだし遥香もそうなのだろう。瞬也に何と声をかけていいのか、測りかねているようだった。

「忙しいですか。忙しくなかったら、また遊んでくださいよ」

この人は稼がせてくれる人なんだろうか。瞬也は探りたくてそう問いかける。

「ものすごく忙しいわけじゃないんだけど。夜遊びするにはこの子を預けなくちゃならないし……」

後ろでママァーとすがる声がする。ガキがいるのか。だけど、夜は寝ることだろう。

「今夜はシチューなのよ。ちょっと肌寒いし」

「いいですね、シチュー。僕も食べたいな。最近ろくなもの食べてない」

そっち行っても、いいですか。

そう尋ねると、遥香は、でも子どももいるし、と困ったような声をあげた。嫌がってはいないとわかったので、さらに押してみる。

「僕、子ども、好きですよ。親戚《しんせき》の家の小さい子とか、よく面倒見てたし」

遥香が考えている僅《わず》かな時間に、車内がぱあっ、と明るくなった。荒川に差し掛かったのだ。夕陽の残り色が少しだけ水を橙色《だいだいいろ》に染めている。闇がじわじわと辺りに滲《にじ》んでこようとしている。

「どこに住んでるんですか」

今夜の客を摑《つか》まえるために、瞬也はもう一押ししてみた。ねぇ、ほんとに来るの？と遥香が弾《はず》んだ声をかけてきた。

3

綾瀬から伸びている千代田線の終点がどんなところかだなんて考えたこともなかった。代々木上原。いつもその名前が先頭車両には付いている。ホームに降りて、こんなところだったのか、とわりと近くに見える新宿の高層ビル群に目をやった。ここから小田急線の急行に乗り換える、と遥香が言っていた。程なくして目の前のホームに青いラインの車両が流れ込んできた。結構混んでいた。背広姿のサラリーマンの間に挟まれながら乗った。

サラリーマンなんて、死んでもやりたくない。さんざん残業をしてあれっぽっちのお金にしかならないなんて、要領が悪すぎる。瞬也には時々見えるのだ、この世にふわふわと現金が浮いているかのような光景が。世界はパン食い競走と同じようなものだ。漂っている現金をどれだけ要領よく掻《か》き集められるか。それだけだ。そして瞬也は、カラダというセンサーで、カネを寄せつけている。カラダが使えなくなったら今度はアタマとかトークとかを使っていくことになるのだろうか。

遥香は母子家庭で金持ちではなさそうだったが、少なくとも今晩分の代金くらいは払えることだろう。そうじゃなかったら瞬也を呼びつけるわけがない。時計を見た。まだ七時にもなっていない。本当は午後十時から朝の十時までが三万円でそれ以外の時間には追加料金がかかるけれど、まあ、今日はオマケしてやってもいい。

突然電車の振動音が大きくなった気がして外を見た。ほとんど闇に近い濃紺色の世界に、悠々と水が流れていた。川だった。土手もあって、荒川に良く似ている。多摩川だ、とすぐに理解した。狛江《こまえ》市と川崎市の境目だ。昔、見栄っ張りな女と田園調布の広めのワンルームに同棲していたことがあったから見覚えがある。あの女は蒲田《かまた》のソープで働いていた。いい加減商売から足を洗って結婚したいなどと言い出したから、部屋を出てきた。稼いでくれない女の夫になって、どうしろというのだろう。

川べりに二軒ラブホテルが並んでいるのが見えた。カップルが川べりでキスをして、その勢いでなだれこむのだろう。遥香もいつもこのホテルのネオンを見つめた後で、満たされない身体《からだ》と共に家路を辿《たど》っているのだろうか。

子連れの客の家にいくのは、初めてかもしれなかった。どんな風に振る舞えばいいだろう。ひたすらに優しい男？　それともちょっとパパっぽく威張っていた方がしっくりくるだろうか？　これから始まるシチュエーションを空想しながら、役者がシナリオを思い返すかのごとく、瞬也はセリフを頭の中に浮かべる。「ただいま」じゃヘンだよな。「おじゃましまーす」かな。ごはんを出されたら「いただきます」は忘れないようにしよう。二歳だって言ってたし、子どものことは抱っこしたりすれば、なついてくれるんだろうか。それともお菓子でも、買っていこうかな。「これ、お土産」。うん、結構素朴で、好感度が高い言葉かもしれない。これでいこう。

多摩川の光景は荒川よりもおしゃれだった。周りに高級そうなマンションが建っているせいだろうか。できたばかりの橋が、綺麗《きれい》だからなのだろうか。

遥香はきっと、シチューを温め直したり、部屋を掃除したりして、先週セックスをしたばかりの若い男を迎え入れる準備をしているはずだ。おそらくは今晩もするであろう交わりのことを思い浮かべて、胸ときめかせてもいることだろう。

女と親しくなり、部屋に行ってしまえば、同棲《どうせい》は時間の問題だった。瞬也は遥香を夢中にさせる自信はあった。同棲に持ち込むにはマメに通うのは逆効果で、思い出したようにふらりと予告なく訪ねていくのがいい。すると女は、今度はいつ来るのかしら、夕食はいるのかしら、と毎日毎日男のことを気にするようになる。彼女の心の中に二十四時間自分が住むようになった頃、おもむろに同棲に持ち込むのだ。女は一緒に住めてかえって精神的に落ち着くのだろう、実に嬉《うれ》しそうに、居着いた瞬也の世話をしてくれる。

多摩川は静かに、藍色《あいいろ》の水を湛《たた》えていた。

この川の先に、新しい人生がある気がして、瞬也は少しドキドキしていた。この広い川を越えたところには、瞬也のことを知らない人々が住んでいる。瞬也が他の女と同棲していることを知らない女と、その女の子どもが、自分を待っていてくれる。遥香の家が川の向こうに在ることは、決して偶然ではない。そう思えた。

登戸《のぼりと》という駅から多摩川の方向に五分ほど歩いたところに遥香は住んでいた。想像していたよりもずっと立派なオートロックのマンションだった。2LDKで、二歳の娘の陽子《ようこ》ちゃんは十二畳もあるリビングで、とことこ駆け回っていた。瞬也が床に座ってローテーブルでシチューをいただいていると寄ってきて、敵を捕らえた兵のように、得意げに周りをとっとこ跳ね回っていた。どうやら歓迎されているようだった。

「養育費代わりに、夫が家賃を払ってくれているの」

彼女は照れ臭そうにそう言った。別れたご主人は会計士だったとかで、経済的にわりと余裕があるという。

「いい部屋ですね」

五階の窓からは、先程越えてきた多摩川もちらりと見えた。自分が今住んでいる、日もろくに当たらない薄暗い一階の部屋とは、全然違う。

風のよく通る居心地の良い部屋の、ごく普通の幸せな暮らし、がここにある。頭がとろけそうになった。娘が瞬也のひざに乗ってくる。黙って座らせてやると、最初はトランポリンとでも思っているかのように彼女は跳ねていたが、やがて、おとなしくなり、そのうち動かなくなった。顔を覗《のぞ》き込んでみたら、座ったまま、寝入ってしまっていた。安心しきって瞳《ひとみ》を閉じ、頭を垂らしている。この子は人見知りがすごいんだけど、シュン君には、すぐなついちゃったみたいね。遥香が静かな声でそう言った。しみじみ、うれしそうな声で。自分はいいことをしているんだ、瞬也は反射的にそう思った。

「そうだわ、忘れないうちに、お金」

彼女が財布を取り出した。

「いいですよ」

即座に、そう返事をした。

「でも」

遥香が戸惑ったような顔をしている。

「母子家庭さんからは、もらえないですよ。僕も、母子家庭だったし……苦労が、よくわかるから」

　そんなことは嘘《うそ》だった。ちゃんと今でも、瞬也の実家には両親が揃《そろ》っている。父親は酒好き女好きでどうしようもない男だし、母親も片づけが苦手で不器用な女で、決して夫婦仲は良くはなかったけれど。

　客とは、なるべく話を合わせるようにしていた。そうすると勝手に客のほうから心を開いてくれる。同類だと思い込んでくるからだ。誰もが隠し持っているさみしい部分に自分はアクセスし、そして金を引っ張っている。

　金なんかいらない、というセリフも、必ずどの客にも最初に口走っておく。そうすると逆に向こうは驚く。売春男のくせに金がいらないって？　と思考が混乱する。混乱した相手に「だけど生活には困ってるんで、ウリセンは続けますけど」と畳み掛けると「じゃあやっぱり料金は払うよ」とこう必ず言ってくれる。

　遥香もはたして、同じ反応だった。

「私も決して楽じゃないけど……。でも、シュン君だって、いろいろ事情があるんでしょ」

　そう言って、三万円を差し出してくる。

「いいんですよ」

もう一度、引いておく。

「いいから。取っておいて。何かの足しにして」

優しい彼女は自ら歩み寄って、瞬也の手のひらに金を握らせた。そして、寝入った娘を抱き上げた。優しく小さな身体を揺すってあげながら、寝室へと運んでいく。

その夜、瞬也と遥香は再び結ばれた。

娘がいるからか、マンションの隣の住人に聞こえるのを気づかってなのか、彼女は押し殺したように喘《あえ》いでいた。けれども興奮していることは明らかで、何度も何度も、瞬也に口づけを求めてきた。先日はただひたすらに男の身体と繋《つな》がっているという事実に興奮していたが、今日は、瞬也の感情まで欲しがっているかのようだった。そして瞬也は彼女の問いに答えるかのように、柔らかな唇を包みこんで、優しく吸ってやった。遥香は、きっと、離婚してからひとりで、必死で仕事をしながら娘を守って、肩肘《かたひじ》張ってやってきていたのだろう。一気に全身の力が抜けて、ふにゃふにゃになっていく。力を失ったかのような乳房を揉《も》みながら、瞬也は彼女の中に入っていった。温かな泉は嬉しそうに何度も愛水を弾《はじ》かせていた。キスをしたまま、射精した。コンドーム越しに熱い雫《しずく》が流れ出てきたことがわかったのだろう、遥香が低く呻《うめ》いた。そしてまた、強く唇を押しつけてきた。

布団《ふとん》の中でまどろみながら、ねえ、どうしてこんな仕事をしているの、と遥香が尋ねてきた。なんか、まともに働く自信がなくて、と瞬也は答えた。一度だけサラリーマンになったことあるけれど、一年ともたなかったんですよ、と。それは事実だった。毎日毎日同じことを繰り返しているのが、耐えられなかったのだ。他にもいろんな仕事があるだろうけれど、ウリセンが一番ラクだった。だけどラクだなんて客には話せない。僕にはこんなことくらいしかできないし、と言うしかない。

「そんなことないでしょ。きっと、どこに行ったってやっていけるわよ、あなたなら」

遥香はすでに相当情が湧《わ》いてしまっているのだろう、早くも瞬也の仕事を変えさせようと画策を始めているように思えた。ウリセン以上に割のいい仕事があるんだったらやりますけど、と頭の中だけで瞬也は答えた。

それにしてもまた女と寝てしまった。ウリセンを始めてからこれで何人目だろう。十人は超えていないとは、思うのだけれど。

美咲もまさか女性客が店に増えてきていて、瞬也が彼女らの〝お相手〟をしているとは、夢にも思っていないことだろう。バレたら大変なことになるだろうけれど、彼女は店が休みの時にたまに新宿や渋谷のクラブに踊りに出るくらいで、後は一日を、遠い綾瀬で過ごしている。そして彼女が休みの日は瞬也も店を休んで一緒に過ごしている。だからまず、知られることはないはずだった。

遥香が名残り惜しそうに瞬也の股間《こかん》を撫《な》でてきた。瞬也は寝たフリをした。お客とはなるべく一晩一回しか射精しないようにしている。そうじゃないと明日以降の〝仕事〟がつらくなるからだ。

4

遥香の部屋に毎週のように通うようになって一ヶ月が過ぎると、美咲がさすがに浮気を怪しむようになってきた。

女というのは、つまらないことに良く気が回る。特に、生活面で、あれこれと世話を焼いてくれる。オジサンと関係している時よりも自分がピンチに晒《さら》されやすくなっていることを、瞬也は感じていた。

定期的に指名を入れてくれるゲイは、二〜三名いる。どの男も、ラブホテルでエッチをするだけだ。瞬也は客の身体を洗ったり、マッサージしてやったりと、わりと尽くす。それが気に入られているのだろうか。ずっと一緒にいたいよ、とよく言われる。相手のことを批判したりもしないし、のどかに寄り添っているだけなので、一緒にいて邪魔にならないタイプらしい。でもどの男とも結局はヤるだけだ。食事をしたりくらいはするけれど、男と女のカップルに比べると、ずっとドライな付き合い方だった。付き合おうと言われることもよくあるし、彼らは瞬也のことをわりと本気で好きなのだろうと思う。彼女いるの、と聞かれるが、いつもいませんよ、と答えている。同棲している女がいるんですよなんて言ったら、それだけでポイントが一気に落ちる。女となんて、随分してないですよ、と嘘をつくしかなかった。お金のためなら何でも言える気がした。これは、ビジネスなのだから。

オジサン達は、可愛《かわい》い可愛いと瞬也の身体中を盛んに舐《な》め回すけれど、たとえばシャツのボタンが取れかけているとか、トランクスのゴムが伸びかけているとか、靴下に穴が開きかけているとか、そういうことにはまるで目がいかない。けれど、遥香は気がついてしまう。それはきっと、一年ほど前までご主人と一緒に暮らしていたからなのだろう。いつの間にか、風呂《ふろ》に入って出てきたら、新しい下着が出されているようになった。靴下、穴があいてたし捨てちゃったけどいいわよね、と言われてウンと頷《うなず》くしかなかった。彼女はミッキーの大ファンなので、ミッキーのワンポイントが入った靴下、ミッキー柄のトランクスなどが宛《あて》がわれていった。

遥香はすっかり、半同棲気分でいるらしかった。瞬也に本気になってしまっていた。それは、彼女の目元や口調を見れば、わかった。ひとり暮らしだと彼女には伝えてあったので、なおのこと、自分が行く日には彼女は野菜たっぷりの料理を用意して待っていてくれた。雑誌の料理記事を担当しているだけあって、見た目も味もなかなかのもので、料理をほとんど作らない美咲との暮らしではありつけない家庭の味がそこにあった。肉じゃがとか、ホウレンソウのごまあえとか、懐《なつ》かしい温かい味付けだったし、何より、自分の身体が久々に栄養を吸収できて喜んでいる気がした。なんとなく普段から鉄分とかビタミンが足りていない気がしたから、安いサプリメントをコンビニで買って飲んではいたのだけれど、本物の食材の有り難みにはやっぱり敵《かな》わない。

「ひとりじゃ何かと不経済でしょ」

遥香は何度もそう言うようになってきて、

「ちょっと狭いかもしれないけど、私のところに来ればいいのに」

と誘ってくる。他の常連客と同じだった。カラダの関係ができてしまうと、ココロまで関係ができているかのように、勘違いしてしまうのだ。そして独占してこようとする。瞬也は遥香のことなんて、取引先だとしか思っていないのに。

遊園地というものは、そこで遊んでいる間、思いきり楽しませてくれる。ウリセンだってそれと同じだ。一緒にいる間は思いきり夢を見させてあげる商売だと思っている。だから誰に対しても、拘束されている間は、時には飼い犬のように、時には恋人のように、そして時にはオクサンのように、それから遥香みたいな女に対しては夫のように、臨機応変に接している。イメクラ嬢の友達がいるけれど、かなり感覚的に似ているよね、とこのあいだ話をしていて思った。女子校の制服なりレオタードなり、客の望む格好に扮《ふん》し、客が言われたそうなセリフを口に出してあげる。そうすると現実と夢とがぐっちゃぐちゃになりながら彼らは絶頂に達し、それからは憑《つ》かれたように彼女の元に通ってくるのだという。こちらはただ、恋愛という演技をしているだけなのに。何で勘違いしてしまうのだろう？　余りにも演技が真に迫っていすぎちゃったのだろうか？　特に最近は遥香は、出版社で編集補助を探しているよだの、知り合いのカメラマンが助手が欲しいんだってだの、安っちぃ仕事の話を持ってくるようになった。冗談じゃないと思ったけれど、一応表面上はありがたそうに、考えておきます、とは言っておくけれども。

まともに働く気持ちなど、もちろんなかった。ラクして稼いで、残った時間はのんびりしていたかった。来る日も来る日も同じことを繰り返して微々たる額をもらうよりは、色んなオヤジに弄《もてあそ》ばれて一気に稼いだほうがいい。ウリセンは自由出勤制だから、遅刻も欠勤も関係ないし、こんな楽な仕事はないのだ。遥香だって客のはずなのに、なぜ、辞めさせようとするのだろう?

遥香だけではない。美咲も「他にいい仕事ないの?」と言ってくる。ほかのゲイの客からも俺の仕事を手伝えとか、店を持たせてやろうかとか、散々言われて、近頃は本当に面倒だった。確かに身体《からだ》を売れる時期なんて、そう長くはない。年を取った時のことを考えなくてはならないのはわかる。わかるけれど、ぎりぎりまでだらだらと過ごしていたいのに。誰も瞬也のそんな気持ちをわかってはくれなかった。

「ねえ、最近ミッキーばっかりじゃん。なんで?」

美咲が訝《いぶか》しんでいる。ほらこれも、とミッキーが胸に小さくワンポイントでついているTシャツを指し示した。

「お客さんが、洋服屋でさ。いつもいろんなのくれるんだよ」

こう言い訳しておけば、これから新たに衣類をもらった時にも誤魔化《ごまか》せると思ったのだ。遥香にも遥香なりの計算があるのだろう、ワザとミッキー柄ばかり身に着けさせているに違いないのだ。犬が自分のナワバリにマーキングするみたいなものだ。あたしの男よ、と、ミッキーマークを押しつけてくるのだ。

「ね、じゃあ今まで着てたやつは？」

「ああ、ボロボロだったから捨てちゃったよ」

そう答えるしかなかった。本当に遥香に捨てられちゃったからだ。ふぅん、と少し不満げに美咲は鼻を鳴らした。自分の知らないところで瞬也がトランクスを穿《は》き替えた。その事実が、彼女を苛立《いらだ》たせていた。

「ほら、ゴムが伸びてたじゃん、あのチェックのパンツ」

瞬也は宥《なだ》めるように言い含めた。

「だからもらってすぐに店のトイレで穿き替えちゃった。ミッキーのパンツもらったの、俺だけじゃないんだよ。店のみんなに何十枚も持ってきてくれて、好きなの選んでいいよって言われたんだ」

「ふぅん……」

店に差し入れされたもの、と聞いて、やっと彼女の機嫌が直った。個人的な感情がこもっている品ではないと推定したからなのだろう。

「じゃあ店の男の子達のミッキーパンツ率って、今すごく高いんだ？」

「そうそう」

瞬也も調子を合わせた。

「どの男の子脱がせても、ミッキー柄のトランクスばかりで、お客さんは変だなあって、思ってるんじゃないかな。まあ俺は客の前で脱いだりなんて、しないけど」

最後にこうフォローもしたので、完璧《かんぺき》だった。美咲も、

「まあ、パンツ代浮いたし、良かったね」

と苦笑した。そして、

「今度は私もなんか、瞬也にパンツをプレゼントしてあげる」

と言ってきた。まだ少し気にしてるみたいだな、と瞬也も笑って頷きながらも、めんどくさいなあ、と考えていた。俺は仕事をしているのに。この部屋の家賃だって半分は瞬也が負担している。それを稼ぐためには、客と寝るしかないのだ。けれども本当のことを説明したりしたら、もっと話がこじれてしまう。瞬也はだから、適当に話を合わせるしかなかった。

5

客にはいつも、北千住に住んでます、と答えるようにしていた。近所の駅だしよく

洋服を買いに行ったりもしているので、土地勘があるからだ。なんで北千住なのと聞かれ、そのたびに「昔、一瞬だけリーマンしてて、その時通勤に便利だから北千住にワンルームを借りたまんまなんですよ」と説明すると皆、理解してくれた。ストーカーでもあるまいし、客達はそれ以上は突っ込んだ質問をしてはこなかった。別に瞬也がどこに住んでいようと興味はないのかもしれなかった。遥香を除いては。

「ね、今度お部屋に遊びに行ってもいい？」

と彼女に切り出された時は、さすがに言葉に詰まった。

「俺の部屋なんか見たって、狭いし散らかってるし、面白くないですよ」

そう誤魔化そうとしたのに、

「でも、いつも会うのは私の部屋ばかりでしょ。たまには違うところで会いたいのよ」

来週実母が上京して子どもを預かってくれるし、北千住に行ってみたいな。遥香がいつになく強気にそう迫ってきていた。客に自宅を教えるウリセンボーイなんているわけねぇだろ。そう心の中で毒づきながら、

「じゃあ部屋を片づけておきますよ」

なんてとりあえず話を合わせておいた。そして約束した当日になって、

「ごめん、カゼひいて熱が出ちゃったから、また今度」

と嘘《うそ》をついた。遥香は見舞いに行くだの、おかゆを作ってあげようかだの、うざったいことをいろいろ言ってきたけれど、今クスリを飲んで眠くなったところだから、と逃げた。彼女からは、会うたびにお金をもらっている。家賃が八万円なんだと告げたら、じゃあ毎月、家賃分あなたを買ってあげると言ってくれた。母子家庭の彼女がどれだけの苦労をしてその金を作ってくれるのかは知らないし興味がない。瞬也はただ単に、じゃあ手取りは一回二万だから、彼女とは大体週に一度会えばいいやと収入源として計算に入れさせてもらうだけである。遥香は瞬也の予算なだけだ。それなのに遥香は、自分が客だなんて思っていない。すっかり恋人気取りである。

電話を切った後は、携帯をマナーモードにして本当にぐっすりと昼から寝入ってしまった。美咲は美容院に行ったその足で出勤してしまったので、随分と久しぶりに夜、アパートの中で、ひとり、足を伸ばして眠ることができた。セックスという義務からも解放されて、自由に好きなだけ眠ることができるなんて、随分久しぶりのことだった。幸せだった。

だけどその幸せは、長くは続かなかった。

夕方から寝ていたので、午前二時頃ぱっちりと目が覚めてしまったのだ。美咲のキャバクラバイトは午前三時に終わる。

（たまには迎えに行ってみるか）

そう思ったりしなければ、よかったのに。美咲は今日は車に乗っては行かなかった。飲ませる客が来るから帰りは運転できない、と言っていた。だから黒い軽自動車に瞬也が乗り込んだ。そして、荒川に架かった千住新橋をてけてけと渡った。常夜灯の白光りだけがきらきらと川面《かわも》に反射して、まるでたくさんのホタルが飛んでいるかのようだった。

北千住の駅前のビルの地下に、そのキャバクラはあった。車をロータリーにつけて、美咲が出てくるのを待つ。同棲《どうせい》し始めた頃は、よくこうして彼女を迎えに行ったものだった。水商売の女のアガリを待ち受けているなんて、ヒモ男っぽい。だけど俺はヒモなんかとは違うぞ、という自負があった。ちゃんと稼いでいる。一〇〇パーセント彼女に寄りかかったりは、したくなかったのだ。

もう閉店だからなのだろう、キャバクラから続々と男達が送り出されていく。そのうち、紫のラメっぽいノースリーブワンピースを着た美咲も、華やかな笑みと共に現れた。少し酔っているらしかった。客らしいメガネの三十代の男と腕を組んだまま、少し足元をよろけさせている。

他の団体客が帰り、ホステス達も店に戻ってしまうと、ビルの入り口には美咲とその男、二人だけになった。つと、互いの視線が絡《から》み合い、どちらからともなく唇が重なった。瞬也はその光景を、なすすべもなく、車の中から眺めているしかなかった。出ていって男を殴りつけてやりたいという衝動は、起きなかった。けれども、激しい嫉妬《しっと》の念が湧いてきていた。何やってんだよ、と美咲の肩をどついてやりたかった。お前には俺がいるだろ？　と。

二十分後、美咲は車の中で俯《うつむ》いていた。まさか瞬也が見ているだなんて思ってもいなかったのだろう。言い訳ばかりを繰り返す。けれども、瞬也の目を、見てはいなかった。それがまたシャクに障《さわ》った。

「常連さんなのよ。言ったでしょ、飲ませる客がいる、って」

美咲が小さな声でそう繰り返している。確かに飲ませる客がいるとは言っていたが、あんな、普通の背広姿の頭が良さそうな男だとは瞬也は思っていなかった。そこが、引っかかっているのかもしれなかった。自分には勤まらなかった平凡で律儀《りちぎ》な毎日を送っている男が、美咲に近づいている。

「そいつとヤッたりしたの？」

キスを交わした後の美咲の艶《なま》めかしい目線が、悔しかった。

「ヤるって、何を」

苛立った声を、美咲が上げた。

「ヤるわけないでしょ。変なこと言わないで」

「でもキスはしてたじゃん」

見たくないのに、グロスを塗ってツヤが出ているピンク色の唇に目が行ってしまった。ここに、先程、他の男が触れていたのだ。そう思うと地団駄踏みたい思いだった。

「瞬也だって、してるんでしょ」

車は荒川を越えるところだった。キラキラ遠くの方までたくさんの白い輝きだけが、水辺を照らしている。モノクロ写真のように、世界は色を失って、神聖な感じがしていた。なのに、会話はひどく荒《すさ》んだものだった。

「俺が、何を、してるって？」

「だってウリセンでしょ。ヤらないわけ、ないじゃん」

美咲の目から涙が溢《あふ》れ出てきている。

「最近、朝帰りとか昼帰りとか、多すぎるし。どっかで寝てるんでしょ。だって家に帰ったってほとんど睡眠とらないし」

ただ寝てるだけじゃないんでしょ。エッチなことをオジサンとしちゃったりしてるんでしょ。ずっと耐えていたのだろうか、美咲の大きな目からはほろほろと涙の玉粒が転がり落ちていく。

「瞬也って、バイセクなの？」

「俺が？　違うよ。俺は、女とじゃないと、できない」

「だって、じゃあ、どうして」

美咲はミニタオルをポーチから出して、目元を押さえている。

「だからぁ、俺はヤッてないってば。なんで、変なことを勝手に想像しちゃうわけ？」

「じゃあ、どうして、最近朝、遅いの」

「店の男の子達とゲームに燃えててさあ、朝からゲーセンで遊んでんだよ」

「……」

信じられない、というように、美咲が首を横に振った。

「ねえ、もう仕事、やめない？」

「やめる？」

彼女が強く頷いた。

「二人でさ、水商売はやめて、なんかもっと、普通にならない？」

「普通に？」

瞬也には、理解できない話だった。

またこの女も結婚とか言い出すに違いない。そろそろ別れ時なのかな、という気がしてくる。ものすごい未練があるわけじゃないが、軽い疲労感を味わっていた。次に上がり込む部屋がない。遥香のところは、毎日一緒に過ごすには、彼女が生真面目《きまじめ》すぎる。しょっちゅう、ちゃんとした仕事につきなさいと叱《しか》られるに違いない。それだったらまだ美咲と暮らし続けていたほうが、マシだった。

またそのうち新宿か渋谷のクラブで女を引っかけて、同棲に持ち込まなくては。最初のうちは楽しいオリエンテーリング気分だったのに、次第に瞬也の体に重い澱《よど》みが溜《た》まっていく。俺は、永遠に、女のところを転々としていくのだろうか、と。実家には居場所なんかなかった。両親は険悪で居心地は最悪だったから。いつまでもこの部屋にいていいのよ、と、女達は結婚を条件にそう切り出してくる。それに甘えてしまえばいいのだろうけれど、でも、なぜか瞬也が逃げたくなってしまうのだ。女が水商売から足を洗って普通のオクサンになる。そして自分もどこかでマトモに働く。普通の家庭はそれが当たり前のことなのに。判で押したようなそんな生活だけは、絶対にイヤだった。それが幸せなのだとしたら、幸せなんて、要らない気がした。幸せになった途端、自分の魂は死んでしまう気がする。一番大切な自由。それを失ったら、どうやって呼吸をしたらいいのかもわからなかった。なのに女は必ずといっていいほど、平凡な家庭を頭に描く。美咲だってそうだ。先月せっかくキャバクラでナンバー3に入ったといって喜んでいたのに。稼ぎ始めていた矢先だというのに、なんで、辞めるだなんて、いうのだろう？

早朝の北綾瀬では、もう、新聞配達が朝刊を入れて回っていた。アパートの駐車場に車を停《と》めて、改めて美咲の顔を見た。なんだかこの世でふたりぼっちでいるかのような、心細そうな表情を、彼女はしていた。彼女がおばさんになっても、自分は彼女に寄り添っていられるのだろうか。そんな先のことは、全然わからない。わからないということは、本当に彼女のことを好きではないのだろうか？

その晩、セックスを彼女とした。機嫌の悪い彼女を宥《なだ》めるのに、これ以外、瞬也は方法を思いつかなかったのだ。それに、先程彼女といちゃついていたスーツの男の影を、美咲から消し去りたかった。

「ねえ……瞬也の赤ちゃんが、欲しくなっちゃった。欲しくなっちゃったよ」

彼女は避妊を拒んだ。そうはいっても、と思ったが、目の前の誘惑には勝てず、ナマでヤッてしまった。彼女の中はぷくぷくとした肉感があって、最高に気持ちが良くてすぐに出てしまった。もちろん、射精は美咲のお腹《なか》の上でした。美咲は瞬也の首筋に唇を強く当ててきた。いけね、と気づいた時にはすでに遅く、キスマークが喉仏《のどぼとけ》の三センチ脇《わき》辺りに赤々と付いてしまっていた。やばいかな、と遥香のことを思い返した。何日くらい経《た》てば、この印は、消えてくれるのだろうか。

6

電車は、荒川を越えようとしていた。

夜十時過ぎだというのに、座席は疲れたサラリーマンやOLで埋まっていた。始発の代々木上原で座りそびれた瞬也は、もう四十分近くも美咲とドアロに並んで立っていた。

美咲はずっと窓の外を見つめたままだった。瞬也もなんと声をかけていいかわからず、彼女の真後ろに立って、一緒に外を眺めているしかできなかった。美咲は唇を嚙《か》みしめたままでずっといる。なんと声をかけていいか、わからなかった。

バレてしまったのだ。

先程までの光景を思い出すだけで、冷たい汗が背中や脇《わき》ににじんでくる。言い訳のしようのない状態だった。

登戸の駅を降り、多摩川べりのマンションに着き、チャイムを鳴らしたところで、背中をぽん、と叩《たた》かれてしまったのである。

「え？　え？」

なぜ美咲がここにいるのかが一瞬理解できず、瞬也は素《す》っ頓狂《とんきょう》な声を上げてしまった。が、すぐに、ドアが開け放たれた。中から、バターのいい匂《にお》いがした。今夜も彼女が夕食を用意してくれていたのだろう。そしてその匂いは、ドアの前に瞬也と並んで立っている美咲にも届いてしまったに違いなかった。

「……いらっしゃ……」

最後まで言い終わらないうちに、遥香も美咲に気づいて黙りこくった。

気まずい沈黙が流れた。

「あ、すいません、お部屋を間違えたみたいです」

瞬也はとっさにそう嘘をついた。遥香が小さく頷《うなず》いた。修羅場だということを何となく悟ったのだろう。間違いということにすれば、美咲とのトラブルも最小限で済む。

ドアを閉めようとしたところで、しかし、思わぬハプニングが起きた。

「あッ、シュンくんだ、シュンくーん！」

廊下をぱたぱた走ってくる小さな足音がした。ばあッ、とポニーテールを跳ねさせた女の子が顔を出した。そして瞬也の顔を見るなり抱きついてくる。

「シュンくんだっこー」

名前を連呼されて、瞬也は硬直した。この娘のおかげで芝居は台無しになった。美咲は何も言わずに、すごい目で瞬也を睨《にら》みつけると、身を翻《ひるがえ》した。

「……ごめん、ちょっと」

瞬也がそう言うと、遥香もさすがに少し不愉快そうになり、

「どういうことなのか、ちゃんと後で説明してよね」

と言ってきた。説明って、あの女と一緒に暮らしてるんだとか伝えられるわけないし。頭が少し混乱してきていたが、美咲を今は追いかけなければならなかった。階段を二段越しに降りていったので、一階で彼女を摑《つか》まえることができた。

けれども、美咲は何も言わなかった。泣きもしなかった。自分より年上の女と、明らかに一緒に食べようとしているらしい料理の匂いに、彼女は何を思ったのだろう。

その瞬間、いい言い訳が浮かんだ。

「あのさ。ベビーシッターのバイトしてたんだよ」

あの娘を逆に利用してやろうと思ったのだったが、美咲は窓の外を見続けていて、びくともしない。

ゴオオ、と川の上を走っている時特有の振動が、足元に伝わってくる。なんとか切り抜ける方法があるはずだ、と足を踏みしめた。

「俺なりに、考えていたんだよ。いつまでもウリセンするのも何だから、少しずついろんな仕事探してて。シッターの仕事も知り合いに紹介されて……。あの女の人とは何もないよ、誤解されたら困るから言っておくけど」

電車は水辺を越え、一層灯《あか》りが乏しくなった綾瀬の街を見つめたまま、美咲がやっと、言葉を発した。

「……ほんとに、シッターしてたの？」

「そうだよ。さっきからそう言ってるでしょ」

しめたとばかりに、彼女の肩をぎゅ、と抱いた。俺を信じろよとばかりに優しく彼女の髪に頰をつける。

貧乏揺すりが思わず出てしまっていて、慌《あわ》てて足の裏に力を込めて、止めた。早くアパートに戻って、肌と肌とを重ね合わせたかった。

セックス。結局はセックスさえしてしまえば、こっちのもんだという気がした。女も男も、イッてしまうと頭がぐちゃぐちゃになるのだから。

電車のドアガラスに映った美咲の表情は、固いままだった。彼女は瞬也を振り向きもせずに、

「じゃあ、明日、一緒に登戸に行こうよ」

と口走った。

「さっきの人のところに行って、瞬也は本当にベビーシッターなんですかって聞きに行く」

「そんなこと、なんでする必要があるの」

美咲は嫉妬している。ここは何としても適当に言い訳をつけて彼女と遥香とのバトルを避けなければならなかった。それなのに美咲はなかなかこの計画を引っ込めてはくれない。いつもよりも低い声で、

「あたし瞬也と一緒に暮らしてるんですよって、あの人に言ってもいい？」

と尋ねてくる。

「そんな……、困るよ。あの人、結構お嬢さんだから、女と同棲してるなんて言ったら、クビになっちゃうって」

「もういい。変な言い訳はやめて」

美咲が振り返った。目が潤《うる》んでいる。やはり、泣きたかったのだろう。今日は店を休んで尾行してきたのだろう、一日の売り上げがパーだ、と瞬也は頭の中でいくら損したのだろう、と考えていた。

「表札にも玄関に置いてあった子供用三輪車にもミッキーがいたけど。瞬也、最近よくミッキーマーク、つけてたよね？」

女はどうしてこんなくだらないことによく気がついてしまうのだろう。

「偶然だよ、そんなの」

「じゃあさ、じゃあその人のところにミッキーのトランクスとか靴下持っていって、これ、あなたがくれたんですかって聞いてみてもいい？」

言葉に詰まった瞬也を見て、

「ほらやっぱり、浮気してたんじゃん」

最低、と美咲はつぶやいた。

「だから。そういうんじゃないんだよ」

あの女は客で、本当に好きなのはお前だけなんだってば。それを言ってしまうことも、できるわけがなかった。そうしたらセックスもしていたんでしょう、と詰め寄られるに決まっている。

どうすれば美咲をごまかせるのだろう。遥香の家に行かなくなったとしても、他の客と泊ったりすれば疑われてしまう。ウリセンをやめるなんて、まだできない。

そうだ。彼女が、一番喜ぶ言葉。

「指輪でも、買ってあげようか？」

美咲が瞬間、え、と聞き返し、それから頬を染めた。

「金ないからずっと買ってあげられなかったけれど。シッターのバイト料も入ったし」

「……」

彼女の肩に入っていた力が緩んでいくのがわかった。いける、と瞬也は彼女の肩に回した手に力を込め、自分の方に細い身体《からだ》を抱き寄せた。

「ほんとにシッター、してたの？」

か細く、甘えるような声。女であることをことさらに強調しているかのようなその声に、瞬也は大きく頷いた。

「なんで疑うんだよ」

「じゃあどうしよう。私ひどいことしちゃった？　今日バイトの日だったんでしょ。あの人、瞬也に子供を預けてどこかに出かける予定だったんじゃないの？」

「大丈夫だよ、きっと誰か代理の人が行ってくれてるさ」

美咲だって本当は分かっているはずだった。瞬也がただのシッターをしているわけではないということを。けれども彼女も今、瞬也を失って生きていく自信がないのだから嘘《うそ》を信じるしかないのだ。

綾瀬の駅から、0番線ホームに向かう。二人が暮らす北綾瀬に向かって、たった二両が、ぼんやりと線路の上に浮かび上がっていた。とろとろと進んで行く車両の中で、美咲が小さな声で、指輪はゴールドとシルバー、どちらがいいかなと訊《たず》ねてきた。おまえの好きな方でいいよと答えながら、一体いくらの指輪をねだられるのだろう、と瞬也は考えた。十万円だったら五回、オヤジや遥香に抱かれなくてはならない。身を削って金を作る大変さを美咲はわかってはいないのだろう。

途中、小さなどぶ川を越えた。美咲の肩を抱き続けながら、瞬也は横目でそれを見下ろした。こんな川があったなんて全然気がつかなかった。真直《まっす》ぐに北綾瀬に向かって伸びている線路のラインを見つめながら、自分はどこに連れて行かれるのだろう、と考えた。すべてのことが、自分の意志とは関係なしに、勝手に進んでいくような気がしていた。

今度遥香に会った時は、なんて言い訳をしたらいいのだろう。一瞬だけ、多摩川のおっとりとした流れが浮かんだ。彼女にも、指輪を買ってあげたらどうだろうか。美咲と同じデザインのものを渡せばいいんじゃないだろうか。でもそんな金、作れるだろうか。女を繋《つな》ぎとめるために、なんでこんなに自分は身体を張らなくちゃならないのだろう？　だけど今は、美咲という定住処も、遥香という定収入も、失いたくはない。生き延びるって大変なことなんだなあ。

北綾瀬の駅を出ると、いつものようにまばゆく車のライトで照らされ続けている環状七号線が目に入ってきた。乾いた路面を、長距離トラックが何台も連なって疾走している。もうスーパーも閉まっている時間だった。ファミレスで何か食べていこうかと美咲に囁《ささや》かれて、瞬也は力なく頷いた。

ポルノグラフィア・ファンタスティカ

鹿島茂

鹿島茂（かしま・しげる）
神奈川県生れ。共立女子大学文芸学部教授。専門は十九世紀フランス文学研究だが、古今東西の書物、風俗にも造詣が深く、古書マニアとしても知られる。著書は『オール・アバウト・セックス』『パリでひとりぼっち』『パリの秘密』『ドーダの近代史』など百を超える。

書評をいくつも引き受けている関係か、未知の著者からの献呈本が一日に何冊も届く。

その中には、あきらかに自費出版のものも含まれている。おそらく、その人にとっては掛け替えのない貴重な体験、長いあいだ心の底に押し込めてきた秘密の体験が綴《つづ》られているのだろう。しかし、当人には掛け替えのないものでも、プロの読み手からすると、どれも類型化された千篇一律の読み物でしかない。だから、ざっと目を通しただけで、そのまま可燃ゴミの置き場に直行してしまうものがほとんどだ。自費出版ものというのはリサイクル書店に持っていっても引き取ってくれないからである。

先日も、パリの消印のある封筒が届いたので開けてみると、中から一冊の本、というよりも薄い冊子が出てきた。あきらかに自費出版の匂《にお》いがするものである。パソコンで打った原稿をパリの装丁屋でモロッコ革装してもらった豪華な私家版で、その人にとってだけの「切実さ」をよくあらわしている。外側が濃紺、開けると、中側がオレンジ色だから、ある種の美学が感じられることは確かだ。

これも可燃ゴミ行きかと思ったが、モロッコ革の背部分に金文字で印刷されたラテン語の表題『ポルノグラフィア・ファンタスティカ』にひかれて、ふとページを開くと、Cというフランス人の名字が目に飛び込んできた。この名前はよく知っている。というのも、貴族の封地を示す「ド」が二度も出てくるその特徴的な名前は忘れようとしても忘れられないものだからである。

そう、いまを去ること二十年前、私がパリで古書漁《あさ》りに明け暮れていた頃、頻繁に出会った名前なのである。すなわち、パリ中の古書店主が最も頼りにしている卸しの古書店主がこのC氏で、私も彼の秘密のアパルトマンを訪れ、稀覯《きこう》本を何冊か買ったことがある。

だから、ある特殊な興味を持って小冊子を読み始めたのであるが、いや、驚いたのなんのって。愛書趣味とポルノ趣味を打って一丸となしたこの奇妙な味わいの作品は、もしかしたら、私がパラレル・ワールドで書き上げたものではないかと思えるほどのリアリティがあったからだ。文中で描かれるC氏のポルトレもこの通りだし、客を出迎えに出る美人秘書の謎《なぞ》めいた雰囲気もまさに私が感じたそれにほかならない。

ただ、その先で展開するポルノ的なラヴ・アフェアーは、まったくの創作にちがいない。たしかに、そのようなことを想像させるなにかが二人にはあったとは思うが、まさか、これと同じことが現実に生じたとは考えにくい。やはり、私とほぼ同じ時期に同じように古書幻想に駆り立てられながら、パリの街から街へと彷徨《さまよ》っていた日本人が抱いたエロチックな空想の産物なのだろう。

しかし、それと同時に、封筒に「美濃透」とだけ記載があるこの無署名の小冊を世間に紹介してみたいという気持ちもかすかに起こった。つまり、これは明らかに他人の作品ではありながら、もし、私に多少の小説的想像力が存在していたら、これを書いたかもしれないと思わせるパラレル・ワールド的な必然性が感じられたからである。いずれにしても、面妖《めんよう》な作品ではある。はたして、これをポルノと呼んでいいのかわからないが、ある種の官能のオブセッションが見いだせることは確かだろう。

なお、文中では、Cは実名で記されているが、これはまだ関係者も存命のことゆえ、勝手にこちらでカットさせていただいた。また、多少、文章に手を加えたところもある。もし、「美濃透」氏がこれに不服があるなら、是非、本名で名乗りを挙げていただきたい。美濃透（ミノ・トール）とはフランス語では「ミナタウロス」を意味する偽名であることは分かっているのだから。

＊

その古書店は、私がまだ一度も足を踏み入れたことのない東部地区の街区にあった。教えてもらった住所はリシャール・ルノワール大通り八十三番地で、最寄りのメトロの駅はサン・タンブロワーズとあるから、サン・マルタン運河を埋め立てて作ったリシャール・ルノワール大通りが、ナシオン広場から発するヴォルテール大通りと交差するあたりにあるのだろう。

メトロを降りて地表に出ると、まだ午後四時には間があるというのに、大通りは早くも夕闇《ゆうやみ》に包まれ、ショーウィンドーの黄橙色《きだいだいいろ》の光が眩《まば》ゆくきらめいている。十月も下旬に近く、パリの季節は加速度的に冬に突入しつつあった。

このあたりは、もともと木工、縫製、印刷関係の街として知られ、職住近接の職人たちが多く住みついていた。そのせいか、いったん革命が起きるとすぐにバリケードが作られるので、一八五一年にクーデターで実権を握ったナポレオン三世は、セーヌ県知事オスマンに命じて、反乱鎮圧の軍隊の移動を容易にする幅広の大通りを建設させた。それが、サン・タンブロワーズで交差する二本の大通りである。

リシャール・ルノワール大通りは、真ん中が緑地帯になっていたが、あまり管理が行き届いているとはいえず、風体のよからぬ男たちが所在なげにたむろしている。みな、長いあいだ風呂《ふろ》に入っていないと見えて、顔の皮膚は垢光《あか》りして、髪も脂《あぶら》と土埃《つちぼこり》で固まっている。黒人やアラブ人などの移民は少なく、いずれも、戦前からこのあたりに住み着いている貧しいフランス人のようだ。

私が緑地帯を横切ると、男たちは闖入《ちんにゅう》してきた部外者を見るような鋭い視線を投げかけた。それは、移民の多い街区などとちがって妙に排他的で、私の体を緊張ですくませるに十分なものがあった。

「こんなところに、話に聞いたような古書店があるのだろうか？」

私はいぶかしい気持ちになって自問した。

外大のフランス語学科を出て中堅貿易商社マンとしてパリに赴任した私は、大学に残った恩師や同級生の古書捜しを手伝ううちにフランス古書の魅力に取りつかれ、商社も辞めて、いまでは日本の洋古書店のエージェントとして生活している。おかげで、パリはおろかフランス中の古書店はほとんど探索しつくしたはずだが、そうなると、逆に、まだどこかに、だれにも知られることのない幻の古書店、アリババが見つけた洞窟《どうくつ》の中の財宝庫のような古書店というものが存在するんじゃないかという妄執に駆られ始めたのである。

「おれには、どうもそういうところがある。映画狂だったころも、幻の映画というよりも、幻の映画館の存在が心を占めていた。こういうのをエル・ドラド幻想というんだろうか」

私がエル・ドラドという言葉を頭の中で発したのも無理はない。前日、偶然見つけたシェルシュ・ミディ通りの古書店の店主から聞かされたのは、まさに、ビブリオフィルならだれでも一度は夢みるようなエル・ドラド的な古書店の話だったからである。

「ここに、こんな店、ありましたっけ。長いあいだ、前を通っていたのに気づかなかった」私は古書店主に尋ねた。

「いやね、三年ほどしまっていたんですが、私が権利を買い取って、Pという名で一週間前に再開したんです」

「その店名は聞いたことがあるな。パリの古書店業界じゃ、かなり有名な店ですよね。いろんなところで耳にしますもの。前にここをやられていたのはどんな方です」

「ムッシューCです」

「Cって、ド・ゴール政権で外相をつとめた人と同じ名前ですね」

「おや、よくご存じで。Cは、その元外相の兄なんです」

「兄が古本屋で、弟が外務大臣とは、またずいぶんと変わった職種を選んだものですね」

「いや、兄さんのほうも、もとはといえば、高等師範学校《エコール・ノルマル・シューペリユール》の出で、親も『ド』が二つもつく大貴族だから、エリート一家ではあったんでしょうね」

「ノルマリヤンの古本屋ですか、それはまた珍しい」

「人づてに聞いたところでは、兄弟のどちらもノルマリヤンだったんですが、兄さんのほうがよほど頭はよかったということです。ただ、兄さんには一つだけ、大きな欠点があった。女にからっきし弱かった。それも、放蕩《ほうとう》はそんじょそこらの生易しいもんじゃない。ノルマルに在籍中から、ミル＝フィーユというあだ名を頂戴《ちょうだい》していたほどなんです」

「ミル＝フィーユ(mille-fille)。それはおもしろい。日本では、薄パイ (feuille) の重ね合わせだから、本来ミル＝フーユ (mille-feuille) と呼ぶべきところを、発音がむずかしいのか、みんなミル＝フィーユと呼んでます。それじゃ、『千枚の薄パイ』じゃなくて、『千人の娘』という意味になってしまう。へんてこりんだとは思っていたんですが、しかし、フランス語で《千人切り》というニュアンスがあることは初めて聞きました」

「さあ、本当にそういう言葉があるのか、わたしも知りません。でも、彼にはいかにもぴったりのあだ名でしょ。とにかく、秀才ノルマリヤンが女で身を持ち崩して、アグレガシオン（大学教授試験）に落第し、あげくのはてに古本屋になったという話は面白いでしょ」

「ふーむ。でも、普通、女と古本というのは両立しないはずですがね。女を取るか、古本を取るか、こればかりは二者択一で、両方は取れないものと決まっている」

「だから、Cは、われわれの業界では、永遠の謎なんですよ。あるいは、二兎《と》を追えるほど実家が豊かだったのかもしれない。しかし、そんなことはどうでもいい。Cは、わたしがこうして、まがりなりにも古書店を始められた大恩人なんですからね」

「店舗だけじゃなくて、本も譲ってもらったんですか？」

「その通り。あなたはご存じないでしょうが、Cは、この店を小売として営業していたほか、別のところで《古書店の古書店》、つまり、古書店が仕入れに出掛ける卸しの古書店を営んでいたんです」

「というと？」

「たとえば、あなたが、どこかの古書店に入って、これこれの本はないかと尋ねるとする。そうすると、本屋は、いまはうちにないが、そのうち入るかもしれないから、連絡先を教えてくれといいますよね」

「ええ、たいていは」

「その本屋は、あなたが帰ったあと、すぐにCのところに電話するんです。これこれの本の在庫はあるか、と」

「なるほど、それで《古書店の古書店》というわけですね。でも、Cはその本をどこから仕入れてくるんです？」

「それが、また謎なんです。まあ、くず本のオークション屋なんかと強力なコネクションがあって、箱単位でオークションにかけられる本のうち、目ぼしいものは全部、彼のところに回ってくるんでしょうが、それでもはっきりしたことはわからない。しかし、われわれ古本屋にとっては、出所なんてものはどうでもいいんで、とにかく、欲しい本があったときに仕入れることができるってのは、じつにありがたい」

「なるほど。それであなたはCからまとまった本を卸してもらって、古書店を始められたというわけですね」

「ええ、ただし、わたしの場合、資金に限りがあるから安い本ばかりですけどね」

「ということは、高級本もCは扱っている？」

「高級どころか、ウルトラ級の稀覯本まで、なんでもありますよ。ジャンルだって、扱っていないものはない。L書店だって、B書店だって、どうしても必要なときには、

Cに連絡を入れるんですから」

と、そのシェルシュ・ミディ通りの古書店主は、パリで最も高いといわれる古書店のLやBの名前を出した。やはり、《古書店の古書店》というのはウソではないらしい。

「でも、《古書店の古書店》ってことは、その別の店では小売はしないってことですか？」

「以前はね。だって、それは卸し屋の道義でしょう。でも、最近は、卸しの方は引退したということで、紹介のあった客には小売もしているそうですよ。在庫を売りつくした時点で、完全引退するつもりらしい。行かれます？　もし、そうなら、紹介状を書きますが」

「それはうれしい」私は、できる限りそっけない風を装《よそお》いながら、内心、飛びあがらんばかりに喜んでいた。探していたのは、噂《うわさ》に聞くこの《古書店の古書店》だったからである。

「ただし、引退して年金をもらっている身だから、取引はあくまで秘密《クランデスタン》ですよ。まだ商売しているってことが年金管理局にバレたら、年金は没収されますからね」

「わかりました。ドジは踏みません」

「それはそうと、お探しのジャンルはなんですか？　全ジャンルといっても、Cにも、おのずと得手不得手はあるから」

「キュリオザです」と私は答えた。キュリオザというのは、秘密出版された猥本《わいほん》のことである。

「キュリオザなら、彼の最も得意とする分野ですね」

「それはありがたい。とくに、ピエール・ルイスを探しているんですが、あるでしょうか」

「あると思いますよ。わたしは十八世紀が専門なのではっきりとしたことは言えませんが、ピエール・ルイスなら、かなりのものを持っているはず。では、これが住所です。訪問するときには、あらかじめ、その日の午前中に電話を入れてランデ・ヴーを取っておくこと。偏屈ジジイですから、機嫌をそこねないように。それから、その場で買うつもりなら、少なからぬ現金を用意しておくのをお忘れなく。小切手だと、銀行通帳に記載されますから、税務署申告時に商売を密《ひそ》かにやっていることがバレてしまう」

そういうと、店主は、自分の名刺の裏に、Cの住所と電話番号を書いて渡してくれた。

リシャール・ルノワール大通り八十三番地の建物というのは、予想していたよりもはるかに立派なオスマン様式の建築だった。とはいえ、界隈《かいわい》が界隈だけに、この百五十年間、すさむに任せた感じである。大通りに面したブティックも、電気の部品屋やオートバイ屋ばかりでいたって散文的である。

大きな御者門を入ると、右手に管理人の事務室があったので、声をかけたのだが、応答する気配がない。そこで、電話で教えられた通り、中庭に入ってB階段を登ろうとしたとき、踊り場に向かって開いているドアから大きな騒音が聞こえた。好奇心にかられて、ドアの透き間からのぞきこむと、とてつもなく大きな部屋が見えた。中では、ズラリと一列に並んだミシンに向かって、東洋人やらインド人やら、いずれも若い女性が一心不乱にドレスらしき衣服にタグを取り付けている。そのタグは有名なブランドのものである。

「なるほど、ここが噂に聞く、ニセモノ・ブランドの工場なのか」私は独りごちた。中国や韓国から運ばれてくる安物の縫製品のタグを取り替え、有名ブランド製品として売り出す工場がパリにあるという話を人から教えられたことがあったが、その工場がこんなところにあったのだ。おそらく、働いているのは労働ビザを持たない不法労働者なのだろう。

「なにか御用ですか？」突然、誰何《すいか》するような男の声がしたので振り向くと、そこには、インド人かパキスタン人と思われる巨大な男が立っていた。

「いや、ムッシューCのお宅はこちらかと思いまして」私は上ずった声で答えた。

「ムッシューCなら、この上の階ですよ」

「失礼しました」

私はほうほうのていで逃げ出し、階段を上った。男はいぶかしげな表情で私の背中を見つめていた。たぶん、警察の密偵と疑ったのだろう。

上の階でブザーを押すと、予想していたのとはちがって、秘書とおぼしき若い女が現れた。黒い髪に黒い瞳《ひとみ》、それに透きとおるように白い肌が印象的な美女である。年の頃は二十六、七。ほっそりとしてはいるが、乳房と尻《しり》の膨らみが男の欲情をそそる。

「ムッシューMでいらっしゃいますね」と女は私の名前を、イタリア風に後ろの母音にアクセントを置いて発音した。イタリア系か？　それにしては髪が黒すぎる。イタリアでも南端のほうだろう。

「どうぞ中に」

ハスキーな声でいいながら、女は、私の後ろにだれもいないことを確認してからドアを閉じた。

見たところ、下の縫製工場と同じ間取りらしく、広大な部屋である。たぶん、オスマン時代に建設されたときは、一代で財をなしたような金満家がこの建物に住み、夜会とか舞踏会にでも使った大広間なのだろう。

ただ、下の工場と違うのは、四メートル以上もある天井の高い壁一面に本棚が仕付けられ、そのすべての本棚が革装丁の本で覆《おお》い尽くされているところである。私はパリの古書店なら一軒とて知らぬところはないほど丹念に探訪し尽くしたが、それでもこれだけの量の古書を揃《そろ》えているところは珍しい。

いや、量ばかりではない。ていねいに脂を塗られて光を発している革装丁の本の質もまた、一目しただけで、相当なものであることが知れる。第一、匂《にお》いがちがう。そう、この独特な匂いなのだ。一流店とそうでない店をわかつ相違は。司書として雇われたラ・モール侯爵邸の書庫で、革装丁本の匂いに陶然となった『赤と黒』のジュリアン・ソレルのように、私はこの匂いを記憶にとどめようと、鼻孔を広げた。

すると、前を歩いている女の香水の流れ香が嗅覚《きゅうかく》を捉《とら》えた。成熟した女の体臭と交じり合った複雑なアマルガム。動物系エッセンスのわずかに入った『夜間飛行』だろうか。パリの古書店に似合った古風な香水である。

女は羽目板の床を黒いハイヒールでキュッキュと踏みながら、広い書庫をまっすぐ横切っていく。黒いスーツのタイトスカートの曲線が視線をくぎづけにする。古書ばかりではなく、秘書の趣味もCは最高だ。突き当たりにあるドアを開け、私に書斎の中へ入るように軽く会釈したとき、秘書の甘い吐息が鼻先をかすめた。

「お待ちしておりました」と出迎えたのは、年のころ七十歳くらいの堂々たる恰幅《かっぷく》の紳士である。ミシェル・ピッコリのように前頭部がはげあがり、見事な光沢を発しているのが、男のエロスを強烈に感じさせる。額の下で光る瞳には思いのほか鋭い眼光が宿り、ただ者でない様子を漂わせている。容貌《ようぼう》はたしかに写真で見たC外相とよく似ている。引退していることをアピールするつもりなのか、紺地のウールのカーディガンを羽織っているが、その下の真っ白いワイシャツはきっちりとネクタイで締められ、いまだ古書業者として現役であることをそれとなく示している。

「さて、どのような本をお探しなのでしょうかな？　なにぶんとも、三年前に引退しましたもので、蔵書が増えてはおりません。お望みのものが見つかるかどうか、保証はいたしかねますが」さすがは元ノルマリヤンと思わせる言葉遣いである。

「私はピエール・ルイスのコレクターでして、彼のキュリオザを中心に集めています」

「ピエール・ルイスのキュリオザ。うん、いくつかありましたな」

Cはそういって軽くうなずくと、私が横切ってきたのとは反対側の部屋に通じるドアを開いた。私は、一瞬、息を飲んだ。そこには、これまでの書庫にあったのとは次元の違う豪華なモロッコ革や子牛革の装丁本が四方の壁を覆いつくしていたからである。なるほど、これがパリの最高級店LやBが買い付けにくるという稀覯《きこう》本を置いた部屋なのだな。

Cは目ざす場所にまっすぐ進み、三冊の本を取り出すと、部屋の中央にある机の上に置いた。

「どうぞ、お手に取ってご覧ください。私は向こうの書斎におりますから、御用がありでしたら、鈴を鳴らしてください。この椅子《いす》をどうぞ」

そういうと、Cは隣室に引き下がった。

私は震える手で、机上の本を摑《つか》んだ。

一冊目は、ルイスの有名なポルノ小説『彼らの母の三人娘 Trois filles de leur mère』の挿絵入り版の一つ。「ある愛書家グループのために」という文字が発行元の代わりに印刷されている。発行年は一八九七年とあるが、発行場所の記載はない。八折りの大判で、エドワール・シモの卑猥《ひわい》なカラー挿絵十二枚入り。ヴェラム紙の三百五十部限定で、シモの原画が一枚添えられている。シモの挿絵はキュリオザ愛好家には人気があるが、私はさほど好きではなかった。リアリズムすぎるのと、描く女の顔が気に入らなかったのである。

二冊目は、《Poésies érotiques》というタイトルの、未知の画家の三十二枚のリトグラフィー集。ルイスの死後に猥褻《わいせつ》詩の草稿を入手した好事家が、これをもとに画家にリトグラフィーを描かせたものらしい。発行所はバルセロナ、発行年はカタロニア共和国共和暦一年と印刷されているが、古書店主の鉛筆手書きがカッコの中にあり、発行場所はパリ、発行年は一九三二年と記されている。「未知の画家」というのは、これまた古書店主の鉛筆書きで、マルセル・ヴェルテスと注記がある。このリトグラフィーはいかにもヴェルテスらしく、エロティックでありながら、下品に堕していない品のいいものである。オランダ紙の百七十部限定。少し、ほしくなる。

三冊目は、ただ「女 La femme」とだけ題された冊子で、ルイス自身による未刊の十六枚のデッサンが四つ折りの大判の写真製版で復元され、これにP・A・ローランスの手になるルイスの肖像画が添えられている。発行場所はミティレーヌ、発行元は、「ビリティスの看板のあるところ」、発行年は一九三八年、二百六十部の箱入り未装丁版。

私の注意を引き付けたのは、この三冊目である。というのも、発行場所のミティレーヌというのは、ルイスの傑作『ビリティスの歌』の舞台となっているレスボス諸島の都ミュティレネ島のフランス語表記であり、あきらかに秘密出版であることを示しているからだ。一九二五年にルイスが尾羽打ち枯らして死んだあと、彼の書き残した膨大な数のポルノグラフィーやデッサン、それに私家版写真が複数の好事家《こうずか》の手に渡ったといわれるが、これは、そうしたものの一部を復元したもののようだ。

十六枚のデッサンを一枚一枚、丹念に調べていく。モデルになっているのは、どれも同じ豊かな黒髪の美女。凛々《りり》しい眉《まゆ》毛と官能的な唇、それに大きく見開かれた瞳が強烈な印象を与える。肉体はむしろ現代のファッション・モデルといっていいくらいにスレンダーで、乳房も小ぶりである。ベッドに横たわったり、長椅子に寝そべったりしてポーズを取っているが、いずれも、陰部を覆う黒々とした茂みが愛《いと》しげに描かれている。中には、大きく股《また》を広げたポーズのものもあり、細かい筆使いで描きこまれた陰唇までのぞいている。もっと、猥褻なポーズのものもある。尻を突き出し、すぼめた唇のような肛門に一輪の菊の花がささっている。

「どうです？　なにかお気に入りのものがありましたか？」Ｃの声が背後から響いた。

不意をつかれた私は、まるで自慰の現場を取り押さえられた子供のように狼狽《ろうばい》した。

Cは、私がルイスの自筆デッサンに欲情しているのを見透かしたように言葉を続けた。

「あなたは、当然、ルイスの伝記の類《たぐ》いもお読みになっていらっしゃるでしょうから、ご存じのことと思いますが、その『女』のモデルとなっているのは……」

「マリー・ド・エレディア。高踏派の大詩人ジョゼ・マリア・ド・エレディアの次女で、象徴派詩人アンリ・ド・レニエの妻にして、ピエール・ルイスの愛人。自らも筆を取って、ジェラール・ドゥーヴィルの名前で詩や小説も書いている。多情淫放《いんぽう》で、関係した男は、アンリ・ベルンスタン、ダヌンツィオほか数知れない」

「その通り《パルフェ》。さすが、ルイスのキュリオザのコレクターだけのことはある。そのデッサンは、おそらく、マリーがルイスの愛人となってまもない時期に描かれたものだと思いますよ。というのも、同じ頃に撮られたとおぼしき写真とポーズがよく似ているものがありますから。もしかすると、その写真から起こしたデッサンかもしれない」

「写真もお持ちなんですか？」私は咳《せ》き込むように尋ねた。

「ほんの一部ですがね。ルイスが撮影したポルノ写真は、それこそ膨大な数で、だれにも、それがどれくらいあるかわからない。ときどき、私たちの仲間の秘密のオークションに出ますが、それだけでも相当な数にのぼる。どうやら、ルイスは、愛人をコダックのファインダー越しに覗《のぞ》いて欲情をかきたててから、セックスに臨んだのではないかと思われます。つまり、写真撮影が前戯の代わりをしていたので、セックスの回数分だけ写真が残されているということになる」

「その写真には、マリーが写っているんですか？」

「もちろん、マリーのものもあります。褐色の愛人ゾーラのものも、娼婦《しょうふ》のものも」

「マリーの写真だけでも見せていただけませんでしょうか？」

「残念ながら、ここにはありません。かなりきわどいものなので、自宅の金庫にしまってあります。なにしろ、写真のモデルであるマリー・ド・エレディア自身がつい二十年ほど前まで生きていたんですから。関係者もまだ生存しているはずです。そんなわけで、まだ、私のプライヴェート・コレクションに入れてあるんです」

「見るだけ見せてはいただけませんか。決して口外するようなことはいたしませんから」

　Cは一瞬考えこんだような表情を浮かべたが、相手が東洋人だということで安心したのか、おおきくうなずくと、こう答えた。

「よろしいでしょう。では、今夜九時、自宅のアパルトマンにいらしてください。ついでといってはなんですが、夕食もご一緒しませんか」

「それはもう、喜んで。ご自宅は、こちらですか？」

「ええ。ただし、この上の階です。では、今夜、九時に。ああ、そうそう、このデッサン集はお買い求めになられますか？」

「おいくらですか？」

「表紙の裏側に書いてあるはずですよ」

「千八百フラン。思ったよりも安いんですね」

「まあ、そんなものでしょう。なにしろ、卸しの値段ですからね、うちは」

私は、かねて教えられていた通りに現金で千八百フランを支払うと、デッサン集を小脇《こわき》に抱えて、Cの書斎を辞去した。

帰り際《ぎわ》に、ドアをあけてくれた秘書の横顔を覗くと、デッサン集の中の裸体の美女に驚くほど似ている。私は妖《あや》しい心のときめきを感じた。

午後九時というのは日本人にとっては他人の家を訪れる時間ではないが、フランス人にとってはまだ宵の口、どの家の夕食に招かれるときも、指定はたいてい午後九時である。

しかし、この時間ともなると、場末の商業地区であるサン・タンブロワーズにあまり人影はなく、夕方よりも一層すさんだ感じが強くなっている。こんなところに、あんなにすごい古書店があるとは、パリというのはまことにもって端倪《たんげい》すべからざる都というほかない。

私は訪問用の花束を抱えて、Cの自宅のブザーを押した。

ドアの向こうにあらわれたのは、またしてもあの秘書だった。私が差し出したバラの花束に鼻を押しつけて匂いをかぎ、うっとりとして目を閉じたときの表情があまりにエロチックなのに私は一瞬うろたえた。はっきりと自分の中の男性が反応したからだ。扇情的なのは表情ばかりでない。黒のスーツに身をくるんでいた昼間とはうってかわった大胆なデコルテ姿、それも、ドレスはフランス古書によくある濃いワインレッドの革製である。革のドレスと対照をなす純白の肌は、贅《ぜい》の限りをつくしたモロッコ革装丁の限定本に使われる静岡鳥の子紙の艶《つや》と肌理《きめ》を思わせた。

秘書ではなく、愛人なのか、それとも歳《とし》の離れた妻なのか？　七十はゆうに越えているはずのCと、この美女との関係は？

食堂には、三人前のセットが用意されていた。

「よくいらっしゃいました。紹介が遅れましたが、これは妻のムナジディカ」

「お会いできて光栄です」

「彼女はキプロスからの留学生としてパリにやってきて、文献学を学ぶうちに、古書の世界に取りつかれてしまったんです」Cが説明した。「女性が古書に入れ込むということは決して多くはないんですが、古書の持つ官能的な側面に反応する女性もたまにはいるのです。彼女はまさにその一人ですね」

「それでしたら、ぼくもまったく同じです。古書というのは、官能の最も奥深い部分を直撃するみたいです」

「さあ、マダム、始めましょうか」

ムナジディカはにっこりと会釈し、ナイフとフォークをとりあげて、オードブルのフォワグラのパテを切り始めた。これが食事開始の合図なのである。給仕は仕出しのプロを頼んだらしく、ムナジディカはテーブルを離れることなく、最後まで食事をともにした。ただし、フランス語がまだ得意でないのか、口数は少ないほうだった。

Cとの会話はもっぱら、ピエール・ルイスの残した膨大な遺稿に終始した。その遺稿は目方にして四百二十キロもあったという。中にはルイスの代表作『ビリティスの歌』に組み込まれる予定だった秘密詩編が数多く含まれ、ルイスの死後に活字になった秘密詩編は、そのほんの一部にすぎない。また、ポルノ小説の分量も半端ではなく、ルイスがエロスの魔にとりつかれた文学者であることの雄弁な証拠となっている。

デザートも終わり、ディジェスティフ（食後酒）を味わうのに、居間に移動したとき、Cはムナジディカに命じて、約束の秘蔵写真を取ってこさせた。

「どうぞ、マリー・ド・エレディアの分だけでよろしいんですね？」

「ええ、今日買ったデッサンを穴のあくほど眺めているうちに、どうやら、マリーに恋してしまったようなんです。こういうのをピグマリオニスムではなく、なんと呼ぶのでしょうか。アムール・グラフィックとでも」

「その伝でいけば、ピエール・ルイスは、アムール・オブジェクティフの人ですね。対物レンズを通してしか、性欲をかきたてられなかったんでしょう。まず、これあたりからいきましょうか？」

それは、マリーが長い髪を後ろ手に束ねているところを背後から写したヌードで、黒白のコントラストが見事な効果をあげている。いかにもベル・エポックの女らしく、華奢《きゃしゃ》な上半身と細くくびれた胴と対照的に、下半身は、豊かな尻がクリノリンのスカートのように大きく広がり、その尻朶《しっだ》に強い光が当たってキラキラと輝いている。エロティックというよりも崇高な感じさえする芸術ヌード写真である。

私が「マニフィック（すごい）！」と感嘆の声をあげるのとほとんど同時に、いつのまにかソファーの隣に座って横から写真を覗きこんでいたムナジディカがふっと吐息をもらした。また、あの甘い匂《にお》いが私の鼻先をかすめた。

「これだとマリーの顔の美しさがよくわかります」

Cが次に差し出したのは、椅子にすわって乳房をシュミーズからはだけている写真。掌《てのひら》でもてあそぶにはちょうどいい小ぶりの乳房、それに白黒写真でもそれとわかるピンク色の乳首がまぶしいほどだ。漆黒の髪をしどけなくまとめたマリーは視線を下向きにしていささかの恥じらいの表情をみせている。

「わたしの考えでは、ルイスが黒髪の女ばかり選んだのは、髪もさることながら、下の毛の黒さにエロティシズムを感じていたんでしょうね。その点、マリーは最適だったはずですよ」

解説を加えながらCが示した写真は全裸でベッドに横たわってこちらに視線をむけているポーズのものだった。たしかに、そのエレガントな姿態とは裏腹に、豊かに盛り上がった陰毛は男の口ひげのように黒々としていて、下腹部の純白な肌との対比がなんとも卑猥な印象をいだかせる。カメラのほうに挑戦するように向けられたマリーの視線はハッとするほど美しい。私はふと、ムナジディカがときどき見せる目の表情を思いだして、横目使いに彼女のほうを見た。ムナジディカはヨーロッパの女が興奮しているときに無意識によくやるように、右手の薬指の爪《つめ》をかんでいた。

「これはたぶん、あなたがお買いになられたデッサンの中にあるものと同じポーズでしょう」

そういいながらCが見せた写真は、床の上に腹ばいになったマリーが思い切り高く尻をつきだし、こちらに肛門とそれに続く割れ目を見せているもので、コダックのさほど性能の良いとは思えぬレンズにもかかわらず、肛門の襞《ひだ》の一つ一つがはっきりと写っている。

「たしかに、ポーズはこれと同じですが、デッサンには、肛門に一輪の菊がさしてありましたね。日本語ではアニュスのことを菊門とか菊座というんですが、フランス語でもクリザンテームにはそういうニュアンスはあるんですか」

「その通り。ルイスはそれを意識していたでしょう。ほら、これはデッサンとまったく同じものでしょう」

Cは、別の箱から写真を取り出したが、それには、まぎれもなく、一輪の菊のさった肛門が写っている。私はピエール・ルイスがマリーの肛門に菊の茎を差し込んだときに指先につたわった肉の感触をまじまじと感じたような気がした。

その瞬間、ムナジディカがかすかに腰を動かしたのがわかった。ムナジディカは私と逆に肛門に差し込まれる菊の茎を感じたにちがいない。

「その写真はなかなかいいでしょう。私も感じるものがあったので、その部分だけ拡大してみたのがこれです」

　Cはそういうと、このときを待っていたとでもいうように、おもむろにもう一枚の写真を私の目の前に突きつけた。

　それは確かに、一輪差しの菊が刺さった肛門の拡大図ではあったが、しかし、私は瞬間的に、これはルイスの写したものではないと感じた。同じ白黒写真でも、カメラの解像度が高すぎるのである。私は、ムナジディカの頬に朱がさすのを見逃さなかった。

　Cが突然、雄弁になった。

「どうです。素晴らしいでしょう。まるで、匂いたつようではありませんか。菊の花弁そっくりの襞が恥じらうように震えている。たぶん、ルイスはこの接写写真を撮りながら、ゲーテと同じように『時よ、止まれ、お前は美しい』と叫んだんでしょうね。一説によると、ルイスは写真だけでは満足できなくて、友人である詩人のジャン・ド・ティナンに、ポーズを取ったマリーの姿態を『鑑賞』させたようですね。この気持ちはわかるような気がしますね。あまりに美しいものを見た感動を他の人間と分かちあいたかったんでしょう」

　そこまで一気にいうと、Cは私の目をじっとのぞき込んだ。その眼には「ミル＝フィーユ」とあだ名されただけのことはあると思わせるギラギラとした欲望の光があった。

「さて、これよりも、もっと凄《すご》いのもあります。ムナジディカ、取りにいってきなさい」

ムナジディカはソファーから立ちあがると隣室に姿を消した。その後ろ姿にチラリと目をやった私は、裸の肩のあたりに女がなにか心に期するときの気負いを感じたように思った。

「これは私の想像ですが」とCは口を開いた。「ピエール・ルイスはコダックのファインダーから裸のマリーを覗くうち、自分とからみあって興奮しているマリーを撮りたくなったようですね。そこで、セルフ・タイマー付きのカメラを購入して、いろいろと試みたらしいんですけれど、どうもうまくいかない。というよりも、カメラで被写体のマリーを覗《のぞ》いているときにだけエロスの強い衝動を感じるのであって、いざ、自分が同じ被写体になって、セルフ・タイマーに任せると、どうも感じがちがったんでしょう。そこで、彼は、マリーとジャン・ド・ティナンをからませて、それを自分がカメラに収めることにした。その連作が次にお見せしようとするものです。おや、ムナジディカはどうしたのでしょう。戻ってきませんね。なにかあったのかもしれない。一緒に見にいきましょう」

Cはそういって立ち上がった。その動作にはどこか有無を言わせぬものがあったので、私はCのあとに従った。

Cは隣室へと通じるドアをあけた。中は真っ暗だった。Cは明かりをつけた。瞬間、まばゆい光束が暗闇《くらやみ》を切り裂いた。

撮影用のスポットライトが照らし出したのは、後ろ手に黒髪をかきあげるポーズを取った裸のマリー・ド・エレディア、いや、マリー・ド・エレディアそっくりのムナジディカ。ピエール・ルイスの写真に写っていた花瓶や暖炉までが再現され、「活人画」は完璧《かんぺき》だった。ムナジディカの尻は照り輝くほどに美しかった。

次の瞬間、ライトが消えた。暗闇の中でなにやらうごめく気配がしていたが、しばらくするとその動きも止まり、あとはしずかに呼吸する女の吐息だけが聞こえた。

ふたたびライトが灯った。今度は、床にうつぶせになり、思い切って尻をつきだしたポーズである。

「さあ、これを差してやってください」

Cはその言葉とともに、一輪の黄色い菊の茎を差し出した。

私は不思議なほど落ち着いていた。まるでCに催眠術でもかけられたように柔順に菊を受け取ると、うずくまるムナジディカに背後から近づき、身を低くして、肛門のあるあたりを覗きこんだ。

きれいなピンク色の菊座が大輪の花を咲かせていた。男の刺すような視線を感じて、興奮が高まったのか、菊門の下の割れ目から、一つぶの羞恥《しゅうち》の滴《しずく》がしたたり落ち、粘つく糸を引いてから、床の絨毯《じゅうたん》にしみをつくった。

私は、右手の菊の茎を左手に持ちかえると、割れ目に残っていた湿潤を右手の中指ですくい、それを菊座にゆっくりと塗り込んだ。ムナジディカの体がピクリと震えた。

それと同時に、中指の先に蠕動《ぜんどう》を感じた。第一関節までが埋まった。しかし、菊座の内襞が期待しているのは、私の柔らかい指先ではなかった。内襞の蠕動は、もっと別のものを受け入れる支度ができていることを語っていた。

私は指を抜き、ふたたび菊の茎を右手に持つと、しかと狙《ねら》いを定めてから、菊座の真ん中に先端を突き刺した。茎は、バターにナイフを突き立てるときのように、なんの抵抗もなく肉の中に入っていった。

ピエール・ルイスのエロスとCのエロスがピタリと重なった。尻の丸みに反射する光はこの世ならぬ美しさをたたえていた。私はCの方を見あげた。その目は良き共犯者を得た歓《よろこ》びに輝いていた。

ムナジディカの体は小刻みに震えていた。顔は見えないがなにかを必死に耐えているのがわかった。やがて体は、尻を中心にゆっくりと振動を始めた。茎の先の菊花が円を描いて揺れている。振動は、激しい痙攣《けいれん》に変わった。

突然、手負いの獣が部屋のどこかに紛れこんだかのようなすさまじい声が聞こえた。獣じみた声はしだいにトーンをあげ、女のすすり泣きに変化したかと思うと「アアッ」という大音声となって終わった。

明かりが消え、私は真っ暗闇の中に取り残された。

ふたたび明りがついたとき、ムナジディカの姿は手品で消されたようになくなっていた。さっきまで彼女がいたところには、一輪の菊が残されていた。私が見た光景が幻影ではなかった証拠に、ムナジディカの割れ目から滴《したた》り落ちた官能の滴が絨毯を汚していた。

私は落ちていた菊の茎を手に取った。鼻を近づけると、ゲルランの『夜間飛行』にも通じる動物系香水の匂いがした。

不思議なことに原稿はここで終わっている。このあと、「私」と名乗る語り手がムナジディカとどうなったのか、つまり、Cの監視のもとで、ピエール・ルイスにおけるジャン・ド・ティナンのような役割を演じてムナジディカと交わったのか、それとも、これだけで「奇妙な体験」は終わったのか、その点については言及がない。表題のようにポルノを目指すのなら、ここからが勝負なはずであるから、あるいは、続編があるのかもしれない。いや、やはり、冊子の著者が狙ったのはポルノではなく、あくまで奇妙な体験のほうなのだろう。そう思いながら、冊子が入っていた封筒を振ると、二枚の写真が机の上に落ちた。

＊

一枚目は、ムナジディカの肛門に菊の茎を差し込んでいる「私」の姿を後ろから撮影したもの。

もう一枚は、それとは反対の方向から、床に両手をつき、恍惚《こうこつ》の表情を浮かべた顔だけをあげてこちらに視線を投げているムナジディカ。その後ろには、菊の花の揺れを見つめる「私」の顔が写っている。

と、このとき、私は腰が抜けるほど驚いた。ぼーっとした背景の中に映じた「私」の顔は、まぎれもなく私だったからである。

だが、さらによく見ると、それは巧みにつくられた合成写真であることが判明した。おそらく、どこかの雑誌に出ていた私の顔をスキャナーでパソコンに取り込み、写真の中にはめ込んだのだろう。手のこんだいたずらをするものである。

だが、その合成写真を見つめていると、なんだか、本当に自分が「私」に成り代わって、ムナジディカの菊座に手を運んでいるような気になってきた。そしてさらに、ムナジディカの映像を介して、マリー・ド・エレディアとピエール・ルイスが痴態を繰り広げるマク・マオン大通りのアパルトマンにいる感じになった。

これはなにかの脅迫なのだろうか、それともロール・プレイング型のフォト・ロマンへの誘《いざな》いなのだろうか。

謎《なぞ》の残る封書ではある。

最後に、二枚の写真の間から、菊一輪がこぼれ落ちた。

「私」にならって、私も、それを鼻孔に近づけた。ゲルランの香水というよりも、かすかな便臭が感じられた。

それはパリの女の匂い、というよりも、パリそのものの匂いだった。

本書は文庫オリジナル作品集です。

初出一覧

双子の兄嫁　「小説新潮」二〇〇二年六月号
白い波に溺れて　「小説新潮」二〇〇二年二月号
女空手師範淫欲地獄　「小説新潮」二〇〇二年八月号
蜜のたくらみ　「小説新潮」二〇〇五年十一月号
劣情ブルース　「小説新潮」二〇〇三年二月号
罪隠しの川　「小説新潮」二〇〇四年七月号
ポルノグラフィア・ファンタスティカ　「小説新潮」二〇〇三年十一月号

赤川次郎ほか著
七つの危険な真実
愛と憎しみ。罪と赦し。当代の人気ミステリ作家七人が「心の転機」を描き出す。赤川次郎の書下ろしを含むオリジナル・アンソロジー。

阿刀田 高ほか著
七つの怖い扉
足を踏み入れたら、もう戻れない。開けるも地獄、開けぬもまた地獄――。当代きっての語り部が、腕によりをかけて紡いだ恐怖七景。

乙 一ほか著
七つの黒い夢
日常が侵食される恐怖。世界が暗転する衝撃。新感覚小説の旗手七人による、脳髄直撃のダーク・ファンタジー七篇。文庫オリジナル。

神崎京介著
化粧の素顔
言葉より赤裸々に、からだは本音をさらけだす――。理想の相手を求める男が、六人の女との経験で知る性愛の機微。新感覚恋愛小説。

神崎京介著
吐息の成熟
浮気の償いに、妻を旅行に誘った夫。二人だけの夜、夫の愛撫に妻は妖艶な女へと変貌する。一夜の秘め事を描く濃密すぎるドラマ。

神崎京介著
ひみつのとき
禁断の性愛に踏み込んだ人妻。重なる逢瀬に、肉体は開花してゆくが……。官能に焙り出された男と女の素顔を描く、ビターな恋愛小説。

浅田次郎選
日本ペンクラブ編

翳りゆく時間（かげりゆくとき）

優雅で激しく、メランコリックでせつない。大人の想いを描き切った、極上短編七篇。浅田次郎のセレクトが光る傑作アンソロジー。

阿川佐和子ほか著

ああ、恥ずかし

こんなことまでバラしちゃって、いいの!? 女性ばかり70人の著名人が思い切って明かした、あの失敗、この後悔。文庫オリジナル。

阿川佐和子ほか著

ああ、腹立つ

映画館でなぜ騒ぐ? 犬の立ちションやめさせよ! 巷に氾濫する〝許せない出来事〟をバッサリ斬る。読んでスッキリ辛口コラム。

江國香織ほか著

いじめの時間

心に傷を負い、魂が壊される。そんなぼくらにも希望の光が見つかるの? 「いじめ」に翻弄される子どもたちを描いた異色短篇集。

北方謙三選
日本ペンクラブ編

闇に香るもの

瀟洒なたくらみ。スリリングな結末。北方謙三が選んだ極上短編小説八篇の、めくるめく味を堪能あれ。オリジナル・アンソロジー。

「新潮45」編集部編

殺ったのはおまえだ
—修羅となりし者たち、宿命の9事件—

彼らは何故、殺人鬼と化したのか——。父母は、友人は、彼らに何を為したのか。全身怖気立つノンフィクション集、シリーズ第二弾。

北上次郎編

14歳の本棚
青春小説傑作選
―部活学園編―

青春時代のよろこびと戸惑い。おとなと子ども間できらめく日々を描いた小説をずらり揃えた画期的アンソロジー！

北上次郎編

14歳の本棚
青春小説傑作選
―初恋友情編―

いらだちと不安、初めて知った切ない想い。大人への通過点で出会う一度きりの風景がみずみずしい感動を呼ぶ傑作小説選、第2弾！

北上次郎編

14歳の本棚
青春小説傑作選
―家族兄弟編―

私はいったい誰？　一番身近な他人「家族」を知ることで中学生は大人の扉を開く。文豪も人気作家も詰め込んだ家族小説コレクション。

小池真理子
唯川恵
室井佑月
姫野カオルコ
乃南アサ　著

female
（フィーメイル）

闇の中で開花するエロスの蕾。官能の花びらからこぼれだす甘やかな香り。第一線女流作家5人による、眩暈と陶酔のアンソロジー。

新潮社編

鼓動
―警察小説競作―

悪徳警官と妻。現代っ子巡査の奮闘。伝説の警視の直感。そして、新宿で知らぬ者なき刑事〈鮫〉の凄み。これぞミステリの醍醐味！

新潮社編

決断
―警察小説競作―

老練刑事の矜持。強面刑事の荒業。新任駐在の苦悩。人気作家六人が描く「現代の警察官」。激しく生々しい人間ドラマがここに！

七《なな》つの甘《あま》い吐息《といき》

新潮文庫　し－60－1

平成十九年十一月一日発行

編者　「小説新潮《しょうせつしんちょう》」編集部《へんしゅうぶ》

発行者　佐藤隆信

発行所　株式会社　新潮社

郵便番号　一六二―八七一一
東京都新宿区矢来町七一
電話　編集部(〇三)三二六六―五四四〇
　　　読者係(〇三)三二六六―五一一一
http://www.shinchosha.co.jp

価格はカバーに表示してあります。

印刷・大日本印刷株式会社　製本・憲専堂製本株式会社

ISBN978-4-10-133251-2　C0193